나를 변화시키는
습관의 황금키

나를 변화시키는 **습관의 황금키**

— 마법의 삶, 기적의 치유 21(상)

초판 1쇄 인쇄 2018년 4월 5일

초판 1쇄 발행 2018년 4월 13일

–

지은이 박금출

그린이 박세린

펴낸이 이방원

편 집 김명희·이윤석·안효희·강윤경·윤원진·홍순용

디자인 전계숙·손경화

마케팅 최성수

–

펴낸곳 세창미디어

출판신고 2013년 1월 4일 제312-2013-000002호

주소 03735 서울시 서대문구 경기대로 88 냉천빌딩 4층

전화 02-723-8660 **팩스** 02-720-4579

이메일 edit@sechangpub.co.kr **홈페이지** http://www.sechangpub.co.kr

–

ISBN 978-89-5586-516-5 04800

978-89-5586-515-8 (세트)

이 도서의 국립중앙도서관 출판시도서목록(CIP)은 서지정보유통지원시스템 홈페이지(http://seoji.nl.go.kr)와

국가자료공동목록시스템(http://www.nl.go.kr/kolisnet)에서 이용하실 수 있습니다.(CIP제어번호: CIP2018010714)

나를 변화시키는
습관의 황금키

글 박금출 | 그림 박세린

마법의 삶, 기적의 치유 21(상)

세창미디어
MEDIA

21세기 4,5차 산업혁명시대를 위한
'21 마법의 삶과 기적의 치유'의 씨앗

21세기는 위기와 기회의 경쟁 시대이다. 위기에는 극복과 대비가, 기회엔 준비와 실천이, 경쟁에는 실력과 명품화가 필요하다. 사람은 누구나 영웅적 자질과 명의를 지닌 명품으로 태어나지만 자기 안에 잠재되어 있는 이러한 소질을 깨우는 사람은 일부에 불과하다. 그런데 그 자질은 누구에게나 성공과 행복 그리고 건강과 행운 속에, 습관과 인품 그리고 그 시대의 플러스 공식과 비법이라는 이름으로 들어 있다.

이 책은 첫째 21세기, 이 시대의 꿈과 목표를 잃고 방황하는 청소년들 수련원 교재용으로, 둘째 백년 후 건강과 행복의 위기와 절벽 시대를 살아가야 하는 소중한 후손들을 위해, 셋째 급변하는 4차, 5차 산업혁명의 위기와 기회·경쟁 시대에 선택과 결정의 갈

림길에서 방황하는 사람들을 위해 오랜 세월 기획되고 만들어져 왔다.

앞으로 4차 산업혁명이 진행될수록 취업의 문은 점점 더 좁아져 가고 경쟁은 심해질 것이다. 5차 산업 혁명 이후에는 인공지능 로봇에 일자리를 많이 빼앗기게 되고, 스마트 자동화에 또다시 나머지를 잃게 되는 고용의 위기가 예측되고 있다. 그와 더불어 물 부족, 인구증가에 의한 식량 부족, 환경오염, 석유 등 자원 고갈, 지구 온난화에 의한 기상이변과 사막화 등이 진행되고, 건강과 행복의 위기도 동시에 우리 앞에 전개될 것이다. 그와 동시에 글로벌 기회를 선택하는 준비된 사람들과 국가 그리고 시대의 위기를 극복하는 영웅과 전설의 탄생도 있을 것이다.

21세기에 들어서자 그전 50년보다 각종 질병 발생률은 2~10배 이상 높아졌고 발생 연령은 빠른 속도로 낮아지고 있다. 앞으로 50년 이후에는 질병 발생률은 몇 배 더 높아질 것으로 예측된다. 그리고 기회를 준비하고 선택한 사람들은, 평균 수명의 증가와 건강 장수를 누리기도 할 것이다. 백 년 이후 또다시 질병률이 높아진다면, 건강과 행복은 위기와 절벽 시대를 향해 속도를 높여 갈 것이다. 즉 그 시기부터는 남녀노소가 없는 치매, 암, 우울증 등 각종 질환에 노출되게 될 것이다. 그래서 그동안 백 년 후의 소중한 후손들과 병들고 어려운 사람들을 위해 '일상에서 면역력을 높이는 법'과 더불어 '비용이 들지 않는 새로운 건강법'을 연구해 왔다.

21, 22세기에는 항상 플러스와 마이너스 선택의 기회가 동시에 존재한다. 4차 산업혁명의 큰 파도는 인류가 그런대로 견디어 낼 수 있겠지만, 점차 쓰나미와 태풍급으로 커져 가는 5차 산업혁명부터는, 범용 인공지능 로봇이 가세하는 고용의 위기와 더불어 건강과 행복의 위기가 더욱 심해질 것으로 예측되고 있다. 더 나아가 6차에서는 예측불허의 각종 위기를 지나 일부에서는 절벽의 시대가 올지도 모른다. 그래서 향후 30년은, 개인이나 사회 그리고 국가도 미래 시대를 준비하고 실력을 갖추어야 하는, 기회를 선택할 가장 중요한 시기이다. 그 기간은 앞으로 점차 재편되고 고정되어 갈, 개인이나 국가의 생존과 번영의 결정키가 될 것이다.

필자는 건강에 대한 많은 책들, 암과 불치의 병 등의 기적의 치유 사례, 의학, 역사, 과학, 철학, 명상, 종교 등에서 '기적의 치유'의 공통점을 찾아 왔다. 또한 위인, 명언, 대화, 심리, 처세, 교육, 자기계발, 성공과 행복의 최상위 반열을 이룬 영웅과 전설들의 삶에서 '마법의 삶'의 공통점을 연구해 왔다. 그리고 삶을 변화시키고 발전시키는 핵심 키인 습관과 인품 그리고 21세기 공식과 비법을 찾아, 다가올 위기와 기회의 경쟁 시대에 대비책을 찾고자 했다. 21세기 꿈과 목표를 잃은 청소년들과 백 년 후의 후손들을 위해 준비하다 보니, 시대별 변화와 4,5차 산업혁명에도 관심을 갖게 되었다.

인류의 이천 년 이상의 발달이, 컴퓨터와 인공지능 로봇에게는 10배 이상 빨라져서 일이백 년 안에 이루어질 것이다. 그리고 백 년 전에 책이나 영화 등 상상 속에서나 존재했던 많은 일들이 지금 현실에서 마법이나 기적처럼 이루어지고 있다. 지금 우리의 상상 속에서만 이루어질 수 있는 마법이나 기적이라 여기는 많은 일들도, 백 년 후에는 평범한 일이 될 수 있을 것이다.

이 책은 21세기 이 시대의 방황하는 청소년들에게 '21가지 성공과 행복 그리고 건강과 행운의 공식과 비법'을 소개하는 글이다. 그래서 21가지가 독립된 공식이자 비법이고, 그때그때 필요한 정보를 그 단원만 읽어도 얻을 수 있게 기획했다. 가장 기본적으로 알아야 하거나 핵심적인 사항은 읽다가 내용이 겹치는 곳이 있을 것이다. 또한 중요성을 강조하거나 쉽게 전달하기 위해, 번호로 분류하고 설명이 길어지거나 중복된 곳이 있다. 자신의 자녀나 손자 사랑의 마음으로 널리 양해하시기 바란다.

21, 22세기가 진행될수록, 그동안의 마법의 삶과 기적의 치유의 의미에, 새롭고 특별한 변화와 개념이 추가될 것이다. 5차, 6차 산업혁명의 고용 위기와 경쟁의 거센 파도를 넘어, 꿈과 목표를 이루고 글로벌 기회를 선택하고 누리는 성공적이고 행복한 삶을, '21

마법의 삶'이라 할 것이다. 그리고 심각한 질병에서 기적의 치유
가 일어난 경우에 추가로, 건강과 행복의 위기와 절벽 시대에서
벗어나 건강하고 행복한 삶을 누리는 경우도, '21 기적의 치유의
삶'이라 할 것이다. 그런데 어쩌면 백 년 후의 후손들이, 지금 우리
시대의 풍요와 안전 그리고 지구의 주인 등 여러 면에서 우리를
부러워할지도 모른다.

　필자는 그동안 우리의 소중한 백 년 후의 후손들의 건강과 행
복의 안전선 20% 통과와, 최상위 5% 성공 가능성의 문 통과를 돕
기 위한 연구를 해 왔다. 이 시대의 청소년들과 백 년 후의 소중한
후손들에게, 생존과 번영의 '21 마법의 삶과 기적의 치유'의 씨앗
을 심는다는 간절한 바람이었다. 그래서 나이, 학력, 인종, 국가 등
을 떠나 누구나 언제든 쉽고 빠르게 실천하고 달성할 수 있는, '내
삶의 위대한 거듭나기, 더 플러스 5%'를 만들어 왔다. 21, 22세기
가 진행될수록 점차 하위그룹으로 떨어져 갈 인류의 보통사람들
이 이전처럼 다시 안전선이나 상위 그룹에 포함되고 남겨지는, '함
께하는 우리'를 원하기 때문이었다. 그중에서도 나의 조국 대한민
국이 백 년 후 22세기가 진행될 때, 세계에서 건강과 행복의 안전
선을 가장 많이 통과한 최우수 민족이 될 수 있기를, 두 손 꼭 모아
기도하는 심정으로 쉬지 않고 달려왔다.

　이번 생은 '거듭나기 위한 내 삶의 수련원'이자, 언제 다시 올

지 모르는 '내 영혼의 즐거운 휴양지'이다. 누구나 21, 22세기 안전선 통과와, 삶과 영혼의 목표인 '즐거운 거듭나기'를 이루고 가기를 바란다. 이 모든 사랑과 감사의 소중한 결실들이 4차, 5차 산업혁명의 위기와 기회의 경쟁시대를 살아가야 하는, 이 시대의 모든 이에게, 비전과 희망의 꺼지지 않는 작은 불씨가 될 수 있기를 바란다.

2018년 4월

사랑배달부 박금출

차 례

제 2 단원 **21세기 꿈과 목표를 이루는 특별한 조건들**

제 3 단원 4,5차 산업혁명시대의 최상위 경쟁력

제 4 단원 4,5차 산업혁명시대의 준비와 대비책

나 자신을 사랑한다는 것은 첫째 '자신을 소중하고 귀하게 여기기'를 실천하는 자존감 있고 품격 있는 삶을 살아가는 것을 뜻한다. 어린 시절 6,7세까지는 부모나 주변 사람들의 사랑, 관심, 존중 등에 의해 자존감의 씨앗과 떡잎이 길러지고 형성되는 중요한 시기이다. 말이나 행동을 제대로 못 하는 어린아이라고 해서, 부정적인 말이나 무시하는 행동을 해서는 안 된다.

건강 · 행복 · 성공을
끌어당기는
21세기 비법과 공식

나를 사랑하는 법

　나를 진정 사랑한다는 것은, 자신과 삶을 사랑하는 것을 의미한다. '사랑'은 모든 좋은 것의 원천이며, 지구상에서 가장 강력한 긍정의 에너지이자 우주만물을 움직이는 위대한 힘이다. '나 자신을 사랑하는 것'으로부터 내 삶의 모든 좋은 일들이 끌어당겨지기 시작한다. 건강과 행복 그리고 성공 등 모든 좋은 일을 이루게 하는, 자신을 진정으로 사랑하는 대표적인 방법 세 가지는, 수많은 책에서 볼 수 있는 공통점들의 우선순위이다. 건강하고 행복한 그리고 즐겁고 풍요로운 플러스 삶을 살아가고 싶다면, '나를 사랑하는 법'을 명심해 두어야 한다.

　만일 내 삶에 원치 않는 방향으로 반복되는 문제가 있다면, 가장 먼저 '나 자신을 사랑하는 법'에 부족한 점이 있는가를 들여다보고 개선해야 한다. 그리고 주위에 더 발전하기를 바라는 사람이 있다면, 그때도 그 문제 해결의 실마리를 우선적으로 '나를 사랑하는 사람'으로 안내하는 것으로부터 시작해야 한다. 그 일은 내 삶으로 받아들일 자세나 기본을 갖추게 하는 것으로, 가르침이나 배움은 그다음의 문제이다. 나 자신을 사랑하는 사람이 되면, 점차 내 가정과 직업 등 자신 주변의 삶을 사랑하는 사람으로 발전하고 성장하게 된다. 청소년이나 자녀에게 '나를 사랑하는 법'을 알려주는 것은, 그의 일생을 발전과 풍요와 같은 긍정적인 일로 채우는 중요한 일이다.

자신을 소중하고 귀하게 여기기(자존감)

나 자신을 사랑한다는 것은 첫째 '자신을 소중하고 귀하게 여기기'를 실천하는 자존감 있고 품격 있는 삶을 살아가는 것을 뜻한다. 어린 시절 6,7세까지는 부모나 주변 사람들의 사랑, 관심, 존중 등에 의해 자존감의 씨앗과 떡잎이 길러지고 형성되는 중요한 시기이다. 말이나 행동을 제대로 못 하는 어린아이라고 해서, 부정적인 말이나 무시하는 행동을 해서는 안 된다. 오히려 더 소중하고 귀하게 여기고 존중해야 한다. 그 시기에는 생존 본능적으로 주위의 말투, 표정, 태도 등에 대한 오감과 눈치가 더 열려 있기 때문이다. 각종 연구에 의하면 주로 이 시기에, 주변의 부정적인 말과 행동에 의해, 뇌 속의 무엇이든 할 수 있는 잠재적 가능성이 크게 훼손된다고 한다.

또 한 가지는 청소년기나 학창시절에 '꿈과 목표'를 세우고, 꿈이 이루어진 미래의 10년, 20년 후의 '성공 이미지'를 그린 후, 새로운 자존감의 높이를 그 마음 높이에 두는 것이다. 여기에는 자신의 장단점을 고려한 꿈과 목표를 제대로 작성하기와 부모나 선생님 등 주변 사람들의 칭찬과 믿음의 물 주기가 필요하다. 칭찬은 고래도 춤추게 한다. 이 시기에 주위의 칭찬 한마디는, 누군가의 운명과 미래를 바꿀 수 있는 특별한 위력을 지니고 있다. 칭찬은 타고난 잠재력을 최대로 발휘할 수 있게 해 준다. 역사적으로도 주변의 변함없는 칭찬이나 믿음이, 레오나르도 다빈치, 에디슨, 아인슈타인, 피카소 등 수많은 영웅과 전설의 탄생 배경이 되어 왔다. 특히 어린 시절의 칭찬과 믿음은 자존감과 자신감의 뿌리와 줄기를 더욱 튼튼하게 자라게 하는 최고의 비료이다. 학창 시절은 '나는 할 수 있다. 나는 무엇이든 될 수 있고, 이룰 수 있다'라는 긍정의 믿음과 자기 확신을 기르는 중요한 시기이다. 그러므로 잠재뇌에 부정적인 열등감을 갖게 하는 지적, 비난, 비교 등을 최대한 피해야 한다.

그 어린 시절로부터 가슴속에 차곡차곡 심어지는 사랑과 칭찬은, 자신과 삶을 사랑할 줄 아는 사람으로 성장시킨다. 그 결과 자신이 미리 꿈꾸고 그려 본 성공 이미지에 다가서는 성공적이고 행복한 삶이, 현실에서 실제로 전개될 가능성이 높아진다. 자존감과 자신감의 씨앗과 열매는, 일생을 살아가며 자신이 만나는 사람들과 배우자 선택 등 성공적인 대인관계의 기준이 된다. 그리고 더 나아가 일과 상황을 받아들이고 처리하는 방식과, 말과 행동의 품격과 가치를 결정하는 기준 잣대가 되기 때문이다.

최종적으로 완성되어 가는 자존감의 열매에는, 긍정의 힘과 좋은 습관과 인품 등이 첨가되어, 점차 빛과 향기가 더해진다. 만일 학창시절까지 자존감의 씨앗과 줄기의 형성이 부족했더라도 좋은 자존감의 열매를 얻는 방법이 있다. 그 마지막 행운의 기회는 누구에게나 열려 있고 언제든 가능하다. 자신의 생각과 습관 등 한계의 벽을 깨고 새로운 나로 거듭나는 것이다. 즉 더 많은 노력과 실천으로 '앞서거나 다른 플러스 5%'의 좋은 습관과 인품을 기르는 것이다. 꿈과 목표 또는 잘하거나 즐거운 일에서 성취를 이루거나, 봉사와 나눔 등의 보람 있는 일로 '감사하는 기쁨'을 얻는 일도 자존감을 높인다.

매사에 감사하기

나 자신을 사랑하는 법 두 번째는 나 자신과 나와 관련된 모든 것, 즉 '매사에 감사하기'를 실천하는 즐거운 삶을 의미한다. 인생에서 일어나는 삶의 모든 좋은 것들은, 항상 '나 자신을 사랑하는 것'으로부터 시작된다. 그리고 사랑은 언제나 감사로 시작해서, 웃음과 칭찬, 인사와 친절 등으로 향기로워지고, 용서로써 완성된다. 감사는 웃음, 칭찬, 인사, 친절과 더불어 내 삶에서 반드시 갖추어야 할 가장 기본적이며 중요한 필수습관이다. 사랑의 그릇은 항상 감사의 크기에 비례한다. 그러므로 감사는 내 삶으로 모든 좋은 것들을 끌어당기기 시작하는 시동키이며, '21 마법의 삶과 기적의 치유'가 시작되는 출발점이기도 하다.

이렇게 중요한 사랑과 감사의 그릇을 최대로 확장시키는 효과적인 세 가지 방법이 있다.

첫째는 감사카드나 감사 일기를 작성하는 것이다. 최소 3년 이상 작성해서 잠재 뇌에 감사 습관의 폴더를 만들면, 일생동안 자신의 좋은 감사 습관으로 확정된다. 감사도 습관이라 반복 연습과 훈련이 필요하다.

둘째는 감사할 때 장점이나 좋은 것에만이 아니라, 평범하거나 부족한 점까지 포함하는 '그럼에도 불구하고, 감사'를 실천하는 것이다. 평범함에 감사하면 크고 작은 일상이 모두 선물이 되고, 부족함에마저 감사는 운명 극복의 숙제를 해결할 최고의 기회를 가질 수 있다. 즉 '그럼에도 불구하고'는 타고난 잠재력을 최대로 발휘하게 하고, 운명과 미래를 극복하는 임계점이다.

셋째는 사랑과 감사의 그릇을 최대로 확장시키는 일상생활 감사 실천법은, 모두가 다 잘되기를 바라는 좋은 감정으로 매사에 감사하는 기쁨으로 살아가는 것이다. 행운의 여신과 항상 함께하는 비법은, '기쁜 마음과 좋은 감정'으로 하루하루를 살아가는 것이다. 그러면 나와 주변에서 넘쳐흐르는 긍정 에너지에 의해, 내 삶속으로 감사와 축하할 일들이 계속 끌어당겨지는 행복한 삶이 될 것이다. 예수님도 '항상 기뻐하라, 쉬지 말고 기도하라, 범사에 감사하라'고 기쁨과 감사를 생활화할 것을 강조하셨다.

장점을 칭찬하고, 단점을 있는 그대로 받아들이고 존중하기

나 자신의 사랑법 세 번째는 '장점을 칭찬하고, 단점을 있는 그대로 받아들이고 존중하기'이다. 나 자신의 장점이 무엇인가를 아는 것으로 시작해야 한다. 그래야 자신의 장점에 대한 칭찬이 가능하다. 칭찬은 받아 본 사람이 칭찬할 줄 아는 특성을 가지고 있다. 그리고 우리의 잠재 뇌의 특성은 나와 남의 구별이 없다는 것이다. 그래서 상대가 한 칭찬이나 나 자신에게 직접 한 칭찬이나 같은 효과가 발생한다. 그리고 칭찬도 연습과 훈련이 필요한 종목이고, 습관이 될 때까지 최선을 다한 지속적인 반복 실천에 의해 실력이 향상된다. 무엇이든 처음부터 잘하는 사람은 없다. 나와 상대를 칭찬할 줄 아는 현명하고 지혜로운 사람은, 사랑받고 인정받을 최고의 조건을 갖춘 사람이다.

칭찬과 더불어 '단점을 있는 그대로 받아들이고 존중하기'는 마법의 삶과 기적의 치유를 이루는 공식이다. 사람은 누구나 장점과 단점을 동시에 가지고 있다. 삶의 진리와 자연과 우주의 법칙을 깨달은 부처님은 '부정은 부정으로는 고쳐지지 않는다. 오직 사랑으로 가능할 뿐이다'라고, 단점이나 부족한 점을 고치는 최고의 해법 공식을, 2500년 전에 우리에게 알려 주셨다. 즉 나와 상대의 단점이나 질병 등 부정적인 일의 개선이나 치유에는, 지적이나 비난, 분노 등 부정적인 방식은 효과가 없고, 오히려 사랑, 칭찬, 용서 등 긍정의 힘이 명약이라는 가르침이다. 그러므로 나와 상대의 부족한 점을 있는 그대로 받아들여야, 변화되기를 바라는 부정적인 면이 개선될 가능성이 존재한다.

생각하고 말하는 대로 운명이 흘러간다. 성공학의 대가 나폴레옹 힐은 "성공하는 사람은 이미 성공한 사람에 대해 칭찬의 말을 하고, 실패하는 사람은 성공한 사람에 대해 비난의 말만 한다"라는 성공의 공식과 비법을 알려 주고 있다. 칭찬과 축하는 긍정적인 미래를 끌어당기고, 상대나 세상에 대한 비난과 불평은 운명과 미래에 부정적인 영향을 미친다. 하늘과 기도의 법칙은 오로지 '예스(Yes)'만으로 통할 뿐이라 한다. 그리고 잠재 뇌는 나와 남을 구별하지 않는 특성 때문에, 성공한 사람과 세상에 대한 비난은 나는 성공을 원하지 않는다고, 하늘과 자신의 뇌와 미래에 스스로 입력하는 것과 같다. 자신이 꿈꾸는 멋진 삶을 끌어당기고 이루고 싶다면, '긍정의 언어습관'과 '성공적인 대인관계' 등 좋은 습관과 인품을 기르는 것이 필수적이다.

'나를 사랑하는 법'이자 '최상위 인품의 관문'인 '나와 상대의 장점을 칭찬하고, 단점을 있는 그대로 받아들이고 존중하기'를 완성하려면, 일상에서 세 가지 필요충분조건을 준비해 나가야 한다.

그 중에 첫째는 성공과 행복의 보증 수표인 '감사, 웃음, 칭찬, 인사, 친절' 등의 좋은 습관을 높여 나가는 것이다.

둘째는 발전과 풍요의 황금키인 '어제보다 나은 오늘의 나'를 잠재 뇌에 만들어 두는 것이다. 그것은 현재로부터의 변화를 수용하여, 지금보다 더 좋은 습관과 인품으로 나아지기 위해 반드시 필요한 습관의 폴더이다. 이것은 자기 긍정의 확언 습관에 의해 쉽게 만들어진다.

그리고 셋째는 21세기 성공적이고 행복한 삶을 이루는 긍정의 전환 장치이자 운명 역전의 여의봉인 '그럼에도 불구하고'를 갖추려는, 꾸준한 자기계발의 노력과 실천을 계속해 나가는 것이다. '그럼에도 불구하고'란 마음에 안 들거나 화를 낼 일이나 어려운 상황에서도, 잘 참아 내고 오히려 상황을 역전시킬 수 있는 초긍정적인 삶의 자세와 최상위 인품의 관문이다. '그럼에도 불구하고'를 갖추기 위해서는 '감사카드'와 '용서카드'를 작성하면 도움이 된다. 삶의 모든 좋은 것을 끌어당기고 이루는 사랑 에너지의 그릇은 감사와 용서로 밑면의 넓이인 가로와 세로가 결정된다.

최상위로의 발전과 풍요의 삶 선택 공식

　누구나 성공하고 행복하게 잘 살고 싶어 한다. 그런데 어떡하면 그러한 꿈과 목표가 이루어지는 발전적이고 풍요로운 삶을 살아가게 되는지는 잘 모르고들 있다. 대다수는 장점을 키우고 단점을 줄이면 된다고 막연히 생각하고 있다. 조금 더 깊게 분석하면, 좋은 습관과 좋은 인품을 기르고 그 시대의 성공과 행복의 플러스 공식과 비법을 갖추면 된다. 그리고 오늘 하루의 크고 작은 일상의 행위가 내 운명과 미래를 결정한다. 그러므로 오늘 하루하루, '어제의 나보다 조금이라도 나아졌는가?'와 '다른 사람들보다 약간이라도 더 앞서거나 다른 생각과 행동으로 지냈는가?'에 따라 나의 운명과 미래가 결정되는 것이다.

'내 인생 최고의 하루'를 만드는 21세기 플러스 비법 중에 대표적인 세 가지로 '장점 가시와 단점 숙제 그리고 일상 선물'이 있다. 이 세 가지는 태어난 잠재력을 최대로 발휘하게 하여, 발전적이고 풍요로운 삶을 살아가게 해 줄 것이다. 한 번뿐인 인생에서 즐겁고, 후회 없는 삶을 선택하게 하는 21세기 비법이자 공식에 대해 알아보기로 하자.

장점 칭찬과 장점 가시

성공을 하려면 우선 자신이 잘하거나 좋아하는 장점을 알아야 한다. 그리고 장점을 극대화시키는 방향으로 목표를 세워야 원하는 성공적인 삶을 살아갈 수 있다. 각종 좋은 일을 축하하는 것도 중요한 일이다. 축하하는 자리에 참석하여 진심으로 축하의 말을 전하는 것은, 잠재 뇌와 하늘에 나도 그러한 일을 좋아한다는 것을 입력시키는 것과 같다. 우리 잠재 뇌와 하늘의 소통 법칙은 오로지 '예스'만이 있고, '상대가 없다'는 점에서 동일하다. 그러므로 나와 상대의 장점을 칭찬하거나 좋은 일을 축하하는 것은, 항상 서로의 장점을 더욱 강화시키고 축하할 일을 내게로 끌어당기는 효과가 있다.

소크라테스의 '너 자신을 알라!'라는 말처럼 나 자신의 장점과 단점을 알고 있어야 더 발전시키거나 줄일 수가 있다. 그런데 사람들은 대다수가 '첫째 자신이 항상 세상의 가치 기준에 더 가깝고, 둘째 내 생각은 그래도 옳은 편이며, 셋째 하고 있는 일도 잘하는 편'이라는 세 가지 착각으로 살아가고 있다. 이것은 사람들의 변화와 발전을 가로막고 있는, 생각의 벽이자 한계를 구성하고 있는 '보통사람들의 3대 착각 사항'이다. 그렇기 때문에 특별한 계기가 없다면, 자신을 바꾸거나 개선하려 하지 않는다.

결정적인 또 한 가지 이유는 우리의 잠재 뇌가 습관적으로 해오던 일을 변화시키기를 거부하는 항상성 때문이다. 그래서 평소에 잠재 뇌에 변화를 수용할 수 있는 특수한 습관 폴더를 만들어 놓는 지혜로움이 필요하다. 잠재 뇌에 '어제보다 나은 오늘의 나'라는 자기 긍정의 특수 폴더가 만들어져 있어야, 언제든 내 삶의 변화를 쉽게 수용해서 발전할 수 있는 계기가 만들어진다. 아침저녁 1분 이내의 자기 긍정의 확언 습관의 실천으로 쉽게 만들 수 있다.

자신의 장단점을 파악하는 좋은 방법으로 '내 자신의 현주소' 작성과 '가족회의'가 있다. 종이를 한 장 꺼내서 직접 자신이 좋아하거나 잘하는 것, 장점과 단점 등을, 우선순위에 따라 3가지 이상 적어 본다. 직접 써 본다는 것은 항상 굉장한 의미를 가진다. 생각이나 말로 백 번 하는 것보다, 한 번 적는 것이 더 효과가 높다. 우리의 잠재 뇌는 보는 것을 믿기 때문이다. 듣는 것보다 보는 것을 더 신뢰한다. 그러므로 자신의 미래를 발전시키고 싶다면 '21 꿈과 목표', '내 일생의 3대 계획표', '감사용서카드', '인풋·아웃풋 점검카드' 등을 직접 작성해야 한다. 이처럼 게으른 습관을 떨치는 작은 용기와 인내심을 발휘한다면, 머지않아 더 나은 삶의 계단에 오르게 될 것이다.

'가족회의'를 통해 가장 가까운 사람들로부터 장단점을 들어 보는 것이 가장 정확한 정보일 때가 많다. 그동안 장점인 줄 알았는데 가족들은 단점으로 분류하는 경우나, 단점인 줄만 알고 있었는데 오히려 다른 의견을 가진 경우도 많이 있다. 그렇게 해서 자신의 장단점을 객관적으로 파악한 후, 꿈과 목표와 계획서를 작성한다면, 좀 더 나은 꿈의 설계도가 완성될 것이다. 그런데 여기서 가장 중요한 한 가지가 있다. 그러한 많은 준비를 하고 시작했는데도 막상 실행하다 보면 한계에 부딪히는 일들이 많을 것이다.

그 이유는 장점에는 언제나 스스로 발견하기 어려운 장점 가시가 있기 때문이다. 그 장점 가시를 제거해야만 장점이 제 기능을 발휘하게 된다. 그렇다면 장점을 최대로 발전하지 못하게 가로막고 있는 장애물인, 장점 가시가 과연 무엇일까? 아름다운 장미에 가시가 있듯이, 장점에는 가시가 들어 있다. 내가 좋아하고 잘하

나를 변화시키는 습관의 황금키

는 것에는, 내게는 좋은 것이지만 내 주변에 가까운 가족, 친구, 직장동료 등에는 가장 싫거나 아픈 것이 될 수도 있다. 즉 그 장점 가시는 성공과 행복의 황금키인 대인관계의 결정적인 걸림돌이자, 최대로 능력을 발휘하지 못하게 하는 장애물이 되고 있다.

예를 들어 청소와 정리를 대단히 잘하는 사람이, 그러지 못하는 주변 사람들을 지적하고 불평한다면, 그 잘하는 청소와 정리 실력이 빛나지 못할 것이다. 또는 의지가 강해서 추진력이 대단한 사람이라면, 그쪽 방면에 능력이 열리지 않은 다른 사람을 버겁거나 힘들게 할 것이다. 보통사람들보다 체력이 강한 사람이나 일처리가 대단히 빠른 장점을 지닌 경우도 마찬가지다. 이처럼 나의 장점은 주변을 아프게 하는, 특별히 가까운 사람들을 더 많이 아프게 하는 장점 가시가 있다는 것을 기억해야 한다. 그래야 가정과 직장에서 진정한 성공과 행복 그리고 존경을 받게 되고, 그 아름다운 빛과 향기가 나와 주변을 환하게 밝히게 될 것이다.

이처럼 자신의 아무리 좋은 성공과 행복 습관도, 좋은 성격과 인품이 함께하지 않는다면, 목표로 하는 일을 진행하는 데 어려움이나 능력 발휘에 각종 문제점을 노출하게 될 것이다. 내겐 장점이라 너무 쉬운 일이지만, 상대에게는 정말 어려운 일이 될 수 있다. 그러므로 잘나가고 열심히 하는 것도 좋지만, 그것이 내 가족이나 주변을 혹시 아프게 하지 않나 하는 배려와, 주변을 무시하

거나 지적하려는 나의 부족함과 불친절 등을 먼저 들여다보아야
한다. 그러면 나의 장점에 알게 모르게 박혀 있던 장점 가시가 제
거되어, 커다란 장점 날개가 활짝 펴져서, 자신이 원하는 꿈과 목
표를 향해 더욱 힘차게 날아오를 수 있을 것이다.

단점 기회와 단점 숙제

  사람은 누구나 장점과 단점을 동시에 가지고 있다. 단지 보통
사람보다 한두 가지를 더 잘하는 사람과 한두 가지를 더 못하는
사람이 있을 뿐이다. 그 차이는 보통 두세 가지 이내로, 그 작은 차
이에 의해 플러스 인생과 마이너스 인생으로 나뉜다. 그런데 많은
사람들은 그 차이가 엄청 큰 줄 알고, 변화를 시도하지 않거나 미
리 포기해 버리는 경우가 많다. 하지만 단점이 많고 크다는 것은,
앞으로 다른 사람들보다 더 크고 빠르게 발전할 가능성이 높다는
장점이 있다. 장점에 장점 가시라는 단점이 들어 있듯이, 단점이
나 부족한 점에도 내 운명과 미래를 극복하고 역전 시킬 기회인
단점 숙제가 들어 있다.

  그런데 아무리 좋은 장점을 가지고 있다 하더라도 또 좋아하고
있는 일을 하고 있을지라도, 자신이 바라는 만큼의 성공을 이루지

못한 경우가 많다. 그 이유는 자신의 발목을 묶고 있는 단점 숙제라는 사슬을 끊지 않았기 때문이다. 장점 가시를 제거하고 큰 날개를 달았지만 창공으로 훨훨 날아가지 못하도록, 굵은 말뚝에 걸린 질긴 줄로 발목이 묶여 있기 때문이다. 그 단점 숙제라는 굵고 질긴 줄을 풀기만 한다면 장점이 큰 날개를 활짝 펴서, 자신의 한계의 벽을 넘어 푸른 하늘로 뻗어 나가게 될 것이다.

그 자신을 얽어매고 있는 운명의 줄과 말뚝으로부터 벗어나는 길은, 자신의 단점 숙제들을 해결하는 일이다. 그러려면 우선 자신의 단점이 무엇인지부터 알아야 한다. 문제가 있다는 것을 알아도 반드시 고치는 것은 아니지만, 문제가 있다는 것을 모른다면, 그 어떠한 해결책도 생각해 보지 않을 것이기 때문이다. 그러므로 언제든 자신을 안다는 것은 문제 해결의 시작점이다. 그런데 장점보다 자신의 단점 숙제를 발견하는 것은 훨씬 더 어려운 일이다. 다른 사람의 단점은 항상 아주 쉽게 눈에 띄지만, 자신의 단점은 보이지 않는다는 특성이 있기 때문이다. 그래서 언제나 나와 상대의 부정적인 단점을 줄이는 것보다, 장점을 늘리는 편이 쉽고도 효과적인 길이다.

단점 숙제를 찾는 가장 좋은 방법은 '자신의 현주소 작성'과 '가족회의' 그리고 '인풋과 아웃풋 점검' 등이 있다. 단점 숙제를 찾는 첫 번째 방법은 우선 '자신의 현주소 작성'으로 나의 장단점을 적어 보고 나서, '가족회의' 등 주변의 의견을 청하는 것이다. 가족은 자신을 가장 오랫동안 지켜봐 왔기 때문에 정확하게 알고 말해 줄 수 있다. 단점의 특징은 자신이 스스로 발견하기가 대단히 어렵다는 것이다. 그 이유는 자신이 평소에 해 오던 일들을 단점이라고 생각하고 행동하는 사람은 드물기 때문이다. 그래서 나의 단점을 솔직하게 말해 줄 수 있는 가족이나 친구, 멘토 등이 필요하다. 그들에게서 진솔한 대화를 통해 정보를 얻는 것이 중요하다.

두 번째 비책은 내 삶으로 모든 일과 상황을 받아들이는 방식인, 인풋 점검이다. 살아오면서 가장 크거나 많이 지적받았거나 가장 싫고 어려웠던 사람이나 상황을 떠올려 보면, 그 안에 자신의 단점 숙제가 들어 있는 경우가 많다. 상황이 심각하고 어려웠을수록 큰 단점 숙제가 숨겨져 있을 가능성이 높다. 그러므로 자신의 삶에 자신이 바라지 않던 상황이나 일이 다가온다면, 이때야말로 내 일생의 단점 숙제를 해결할 절호의 찬스가 왔다는 것을 알아채야 한다. 그래서 내게 다가오는 일과 상황에는 언제나 '감사와 교훈'이라는 두 가지 의미와 해석이 들어 있다고 한다.

세 번째는 내게 다가온 일과 상황에 대한 처리 방식인 아웃풋 점검이다. 그동안 내가 상대나 이웃 그리고 세상에 가장 많이 지적하고 불평했던 것과 화를 냈던 상황이나 일들을 들여다보아야 한다. 내가 원하지 않는 상황이 계속 반복적으로 일어나고 있다면, 그것은 내 안에 그러한 단점이나 문제점이 제거되지 않아서, 그것을 제거할 기회를 주기 위해 반복되고 있는 것을 깨달아야 한다. 내 안에 그러한 성향이나 또는 정반대의 문제점이 없다면, 상대나 일의 부정적인 상황에 전혀 영향을 받지 않는다고 한다.

그래서 평소에 일상에서 비교의 사자, 심판의 사자, 정의의 사자가 되었던, 부족했던 경험들을 떠올리면 된다. 내 안의 그 무서운 사자들은, 내 인생의 교차로에서 교통경찰의 역할을 맡고 있는 중이다. 만일 과속하거나 신호를 어기면 가차 없이 차를 세우고 범칙금 스티커를 발부한다. 하지만 그들은 나와 일생을 동행하며 에스코트하는 내 차 전담 경찰관이므로, 만일 다른 차에 신호위반 통지서를 발급하면 전혀 효력이 없다. 그리고 항상 서로 간에 복잡한 관할 구역 문제로 언쟁이 발생하니 주의해야 한다.

평소에 순식간에 악동으로 변신하는 그 성질 급하고 거친 목소리의 세 마리 분노의 사자들을 항상 조심하며 살아야 한다. 나 자신의 대표적인 단점 숙제인 그 세 마리 사자를 성공적으로 길들인다면, 내 삶의 여정은 성공과 행복의 고속도로를 질주하게 될 것이다. 결국 목표 지점에 즐겁고 안전하게 도착하여, 꿈꾸던 일들을 이루는 멋진 삶이 전개될 것이다. 어쩌면 세 마리 분노의 사자 역할을 맡고 있는 그들은, 내 운명과 미래를 극복하는 시험 문제인 단점 숙제를 해결하기 위해, 하늘이 보내 준 수호천사인지도 모른다.

　나와 상대의 단점을 부정적인 잘못된 점이라고만 생각하고 바라보면, 그 단점들은 고쳐지지 않는다. 단점이나 부족한 점은, 자신이 단점이라는 것을 알아차리는 것에서부터 부정성에서 벗어나기 시작한다. 그처럼 있는 그대로 받아들이는 것과 칭찬, 용서, 사랑 등 긍정의 힘으로 치유될 수 있다. 그러려면 단점을 운명 역전의 최고의 숙제로 바라다보는 긍정의 전환능력이 필요하다. 즉 운명과 미래를 역전시킬 수 있는 최고의 기회가 단점 숙제이다. 단 스스로 깨닫고 고쳐야만 운명과 미래의 극복이 가능하다. 그리고 다른 사람이 숙제를 대신해 줄 수 없는 것이라면, 그가 스스로 해결할 수 있게, 긍정의 전환공식인 '단점을 있는 그대로 받아들이고 존중하기'와 '그럼에도 불구하고, 긍정'의 습관을 길러 주어야 한다. 21세기 환경오염과 스트레스의 시대에 건강과 행복을 지키려면, 평소에 부정적인 상황과 일들을 긍정으로 전환하는 장치를 갖추고 있어야 한다. 그 최상급 긍정의 전환 장치의 21세기 이름을 '그럼에도 불구하고, 긍정'('그럼에도 불구하고, 오케이', '그럼에도 불구하고, 예스')이라고 부른다.

일상(선택) 선물

삶의 모든 일은 원인과 결과의 법칙에 의해 작동되고, 운명과 미래는 항상 자신이 스스로 선택한 것이다. 위에서 말한 장단점의 문제를 해결하여 긍정과 부정의 시각을 넘어서기 시작했다면, 그에 더해 반드시 필요한 한 가지를 더 가지고 있어야 한다. 그 한 가지는 어쩌면 삶에서 가장 중요한 것인데도, 장단점에 비해 그 소중함을 거의 잊고들 살아간다. 그것은 일상의 크고 작은 아주 평범한 일들이, 내겐 축복이자 선물이라는 사실을 발견하는 것이다. 만일 일상의 평범함 안에서 삶의 멋진 의미를 아직 발견하지 못했다면, 부정적인 삶을 살아갈 가능성이 높다.

사람과 삶은 장점이나 긍정적인 일 20%, 보통이나 평범한 일 60%, 단점이나 부정적인 일 20%로 구성되어 있다고 한다. 그런데 일상의 평범한 일들이 선물임을 깨닫거나 선택한다면, 보통의 평범한 60%가 장점이나 긍정적인 일 20%와 합산되어 80%의 긍정적인 삶이 될 것이다. 만일 일상 선물을 선택하지 않는다면, 같은 방식으로 그 60%는 부정으로 편입된다. 그러므로 평소에 불평, 비난, 분노 등을 20% 미만으로 억제해야 긍정적인 삶이 유지된다. 이러한 특수한 원리는 장내 세균과 면역력에도 같은 방식으로 적용된다. 즉 면역력이 우수하다는 것은 유익 균이 80% 이상이라는 뜻이 아니라, 기회 균인 보통의 60%를 포함하여 유익 균이 20% 이상이라는 뜻이다. 긍정과 부정의 선택처럼, 유익 균과 해로운 균의 비율도 누가 20%를 넘느냐에 따라, 기회 균은 항상 순간이동을 한다. 이처럼 세균에서도 사람들의 긍정과 부정의 끌어당김 법칙이 그대로 적용된다. 실제로도 긍정과 부정의 차이는 1~5%의 아주 작은 차이로 결정된다. 그렇다면 누구나 조금만 노력하고 변화하면, 새로운 거듭나기가 가능하고, 운명과 미래를 쉽게 바꿀 수 있다.

어쩌면 이러한 일들로 미루어 짐작할 때, 하늘로부터 우리에게 주어진 근심 걱정, 불평 불만, 분노, 지적 등 부정적인 일의 최대 허용치가 20% 이내라고 말하고 있는 듯하다. 살다 보면 가끔은 분노, 다툼, 지적, 불평 등이 크게 심해질 경우가 있으므로, 가급적이면 평소에 10% 이내로 부정을 억제하는 것이 안전하다. 언제든 다른 사람이나 창조주의 소중한 창조물들을 해롭게 하거나 피해를 주어서는 안 된다. 창조주는 우선 자신의 모든 창조물들이 항상 기쁘고 행복하기를, 즉 웃으며 즐겁게 살아가기를 가장 바란다. 그래서 일상의 크고 작은 일들을 웃으며 즐겁게 하는 사람에게 발전과 풍요를 선물한다. 그리고 자신의 창조물들에게 기쁘고 행복한 말이나 행동을 대신 전하는 사랑배달부에게, 감사와 축복으로 성공과 행복을 선물한다. 결국 하늘은 이번 생에 다른 창조물에게

나를 변화시키는 습관의 황금키

피해를 주지 않는 범위 내에서, 사랑과 감사의 즐거운 삶을 최대한 누리고, 나누며, 기쁘게 살아갈 것을 부탁한다는 해석이 가능하다.

장점 가시 그리고 단점 숙제만이 중요한 것이 아니라, 일상의 평범한 모든 일들이 내게 축복이자 선물이라는 것을 깨닫는 순간, 내 삶 전체가 플러스로 방향을 전환한다. 그런데 알고 모르고 살아가고 있는 평범한 일들은, 실제로도 내 삶에서 진정 소중한 부분들이다. 항상 당연히 있는 것처럼 받아들이고 있는 해, 달, 비, 바람, 물, 공기, 흙 등 자연과 우주의 고마움도 잊고 산다. 우주의 황량한 별이 아닌 지구에 태어난 것도, 더군다나 벌레나 세균 아닌 사람으로 태어난 것도 얼마나 다행이고 감사한 일인가?

어제까지 살다 간 사람의 최고의 소원은 오늘이라고 한다. 만일 훗날 세상을 떠나 아무것도 느끼지 못하는 영혼의 시간이 왔다고 가정해 보자. 평소에 아무것도 아닌 것 같은 그 평범한 음식들과 일상의 만남의 순간들도 그리고 걷는 것도, 지금 매일 반복되고 있는 일 등 그 어느 것도, 이제는 원하는 대로 할 수 없는 상황이나 시간이 되었을 때, 우리는 그제야 그 순간들이 얼마나 귀하고 소중한 순간들이었다는 것을 알게 될 것이다. 누가 이러한 삶의 작은 교훈과 진리를 먼저 깨닫고 실천하느냐에 따라, 건강과 행복 등 삶의 계단과 질이 크게 달라질 것이다.

지금 현재가 즐겁고 행복하지 않다면, 앞으로도 기쁘고 행복하기 어렵다. 기쁨과 행복은 항상 자신이 선택하는 것이다. 그래서 미국 대통령 링컨은 '사람은 자기가 결심하는 만큼의 강도로 행복하다'라는 명언을 남겼다. 어떠한 상황에서도 기쁨과 행복을 선택하는 습관이 몸에 배기 전에는, 지금도 앞으로도 즐거운 행복은 항상 내 주위만 배회할 뿐이다. 웃을 일이 있거나 행복해서 웃으려는 사람보다는, 항상 웃다 보면 기쁘고 행복해지는 지혜로운 삶을 선택해야 한다. 그리고 즐거운 일이 따로 있는 것이 아니라, 내가 하고 있는 평범한 일들을 즐겁게 만들 수 있는 실력과 습관을 길러야 한다.

사람은 일부를 제외하고는 누구나 평범하게 태어난다. 그런데 시대와 환경 그리고 습관과 인품의 차이에 의해, 서로 다른 삶의 길과 계단을 살아간다. 삶과 프로의 분류도 장단점처럼 플러스 인생 20%, 평균치 60%, 마이너스 인생 20%로 구성된다. 그 선택과 결정의 차이는 언제나 변할 수 없는 것에 달린 것이 아니라, 내가 바꿀 수 있는 습관과 인품 등을 변화시키려는 노력에 달려 있다. 21세기 심각한 질병과 경쟁의 시대로 빠르게 진행될수록, 그동안 삶의 안전선이었던 평균치 60%가 서서히 마이너스로 기울어 가고 있다. 그래서 4차, 5차 산업혁명이 진행될수록 점차 상위 20% 진입이, 건강과 행복의 안전선으로 바뀌어 갈 것이다. 플러스 · 마이너스 인생의 최종 선택과 진입도, 오늘 하루 일상에서 실천하는 한두 가지 좋은 습관과 인품의 차이에 의해서 결정된다.

그러므로 언제든 일상이 선물이라는 것을 선택하기로 결심한다면, 그 순간부터 삶의 대다수가 축복이자 선물로 전환될 것이다. 그래서 건강과 행복 그리고 성공도 자신의 선택과 결심이라 한다. 지금 너무 흔하고 평범하다고 생각하는 일상의 작은 일들이, 언젠가 그 일을 하지 못하게 되었을 때나, 그것마저 제대로 하지 못하고 있는 사람들 처지에서 생각해 보라. 그렇다면 오늘부터 평범한 일상 속에 깃든 특별하고 다양한 일상 선물들을, 숨은 그림 찾기 하듯 무수히 찾아내게 될 것이다. 사람은 누구나, 지구라는 로봇 하나에 필요한 크고 작은 나사나 부속품으로 태어난다. 그렇기에 위치나 크기 등 어느 부위 나 중요도에 상관없이, 주어진 자신의 역할을 다하고 살다가 가는 것이, 모두 다에게 똑같이 필요한 일이다.

21세기 건강과 행복의 3대 조건

　오늘날 인류는, 불과 50년 동안에 세 가지 건강과 행복의 필수 조건을 잃어버렸다. 인류와 지구 역사상 가장 발전과 풍요, 번영과 장수를 이룬 시대이건만, 오히려 건강과 행복 등 삶의 질은 급속도로 떨어져 가고 있다. 환경오염과 인스턴트식품 증가와 운동 부족 그리고 위기와 기회의 글로벌 경쟁 시대의 스트레스 등으로 질병은 평균 2~10배 이상 늘었고, 체력은 급격하게 감소하여, 개인의 건강을 넘어 가정에서의 행복과 직업에서의 성공을 위협할 수준으로 떨어지고 있다. 그리고 이웃과 사회도 감사, 웃음, 칭찬, 용서 등 긍정적 성향보다는, 불평불만, 근심걱정, 두려움, 분노 등 부정적 성향이 점점 더 커져 가고 있다. 결국 건강과 행복 그리고 성공의 안전선 통과가 점점 더 어려운 수준으로 떨어지고 있다.

그 잃어버린 50년을 회복할 때, 그중에서도 건강과 행복의 3대 조건을 우선적으로 회복해야 한다. 즉 미래에 도움이 될, 되찾아야 할 건강과 행복의 세 가지 필수 요소인 걷기, 씹기, 웃음 등을 살려 내야 한다. 그래야 개인의 건강하고 행복한 삶을 넘어, 지금보다 몇 배 더 심각해질 50년, 100년 후의 소중한 후손들을 위해, 건강과 행복의 유전자를 물려줄 수 있다. 이 일은 21세기 전환기를 살아가는 이 시대의 우리가, 부모 세대로부터 물려받은 건강과 행복의 좋은 유전자, 즉 가문과 조상의 플러스 선업을 후손에게 더 좋게는 아니더라도 마이너스로 물려주지 않아야 하는 것은 중요한 의무이다.

그런데 50년 전에 건강과 행복의 좋은 유전자를 물려받은 우리가, 후손들에게 마이너스 유전자를 물려줄 위기에 처해 있다. 50년, 100년 후의 후손에게 질병과 불행의 마이너스 유전자를 물려주는 것은, 자신의 영혼은 물론이요, 가문이나 조상에게 누를 끼치는 일이다. 각 개인의 건강하고 행복한 삶과 5차 산업혁명의 건강과 행복의 위기시대를 살아가야 하는, 귀중한 후손들을 위해 걷기, 씹기, 웃음 등 3대 운동의 중요성을 잊지 말아야 한다. 혹시 그밖에도 물려받은 소중한 문화나 대표하는 정신(예를 들면 동방예의지국), 부모나 스승에 대한 감사와 존중의 사랑축 등 이 시대에 잃어

버리면 안 되는 중대한 것들이 있는지, 다시 한 번 더 깊이 생각하고 챙겨 보아야 하겠다.

걷 기

불과 50년 전만 하여도 우리가 하루에 걷는 걸음이 하루 평균 2만 보 정도였다면 지금은 교통, 통신, 과학, 식생활용품 등의 발달에 의해 5000보 이하의 수준으로 줄었다. 걷는 것은 모든 질병을 치유하는, 체력을 강화하고 건강을 지키는 데 가장 중요한 운동이다. 근데 걷기가 4분의 1로 줄었다면, 체력이 4분의 1로 줄고, 질병이 4배로 늘어나는 데 영향을 미쳤다는 것을 의미한다. 걷기를 싫어하거나 게을리하면 건강뿐만 아니라 성공과 행복도 잃게 될 것이다. 걷는 것은, 체온유지와 혈액순환 그리고 하체의 근력을 유지하는 필수 운동이다. 걷지 않는다면, 근력과 체력은 급속도로 떨어지고, 체온이 떨어져 암 등 각종 질병에 쉽게 노출될 것이다.

걷는 것은 숨 쉬는 것만큼 생존에 중요한 일이다. 즉 걷지 않는다는 것은, 성공과 행복의 필수 조건인 체력 만들기와 건강 지키기를 포기하는 것이다. 그리고 스스로 퇴행성 변화와 정력 감퇴 등 빠르게 노화와 질병을 촉진하여 불행과 죽음으로 달려가는 것과 마찬가지다. 현대의 질병의 주요원인인 비만억제와 건강장수 다이어트에도 걷기는 필수적이다. 그러므로 즐거운 건강 장수를 바란다면 항상 걷기 운동을 게을리하지 말아야 한다. 단지 노년기에는 몸 상태를 고려해서 무리하지 않게 걸어야 하며, 중간 중간에 휴식을 취하며 심호흡 운동으로 산소공급을 늘려 주면 더욱 좋은 운동이 된다. 큰 사고나 질병으로 입원을 하게 되어 걷기운동이 안 되면, 근육량이 급격하게 줄어 체온도 떨어지고 면역력이 더욱 감소한다. 그러므로 걸을 있는 한 무리하지 않게 최대로 걷는 것은, 면역력과 치유력을 높이는 필수사항이다.

21세기 현대인은 잃어버린 걷기를 다시 시작해야만, 건강과 행복을 지킬 수 있다. 그리고 체력이 부족하다면 가정에서도 즐겁거나 최선을 다할 수 없고, 가족 중에서 누군가 아프다면 그 가정의 행복의 질도 그만큼 떨어지게 된다. 또한 체력이 약하다면 직업이나 일에서도 성공하는 프로가 되기 어렵고, 건강을 잃는다면 애써 이룬 부와 성공도 되고 물거품이 되고 말 것이다. 25~30세 이전에 체력과 올바른 식생활습관을 길러 주어야 한다. 30세가 넘으면 인체의 모든 조직의 퇴화가 시작되기 때문이다. 이 시기부터는 근력유지가 중요하다. 또한 삶의 모든 좋은 일의 끌어당김의 법칙에는, 긍정의 마인드가 필수적이다. 평소에 일을 운동처럼 즐기면 건강과 체력이 쌓이고, 의무적인 일처럼 생각하면 피로와 질병이

나를 변화시키는 습관의 황금키

쌓여 간다. 세상에는 즐거운 일이 따로 있는 것이 아니다. 언제든 내가 하고 있는 그 일을 즐겁게 생각하고 실천하려는, 자기계발의 노력과 반복 연습이 필요할 뿐이다. 성공과 행복의 필수 조건인 체력과 건강을 준비하고 잘 지키는 것은, 자신을 넘어 가정과 이웃 그리고 국가에 대한 의무라 할 수 있다.

씹 기

소화 흡수의 시작은 언제나 씹는 저작 운동으로부터 시작된다. 50년 전에 비해 현대인들은 씹는 횟수가 3분의 1 수준으로 줄어들었다. 그 이유는 인스턴트식품이 개발되면서 오래 씹을 필요가 없어졌기 때문이다. 또한 경쟁의 시대이므로 마음이 급해져서 식사속도가 점점 더 빨라지고 있다. 그 결과 식사속도에 비례하여 비만도 늘고 있다. 또한 칼슘 섭취와 흡수의 부족으로 치아와 뼈도 점점 더 약해지고 있다. 씹는 횟수를 3분의 1로 줄였기 때문에, 소화 기관계와 내부 장기에 연쇄적으로 무리가 가중되어 염증과 질병이 3배로 늘었고, 혈액이 탁해져서 만병의 원인이 되고 있다.

씹는 운동은 상체 근육과 뇌를 활성화시키는 최고의 운동이다. 머리 부위와 뇌는 웃는 것과 씹는 것으로 운동을 시킬 수 있다. 그래서 치아의 어금니가 많이 빠질수록 씹는 힘이 작아지고, 주변 근력의 퇴화에 의한 노화와 치매의 가능성이 높아진다. 결국 음식을 씹는 운동은 웃는 것과 더불어, 뇌를 건강하게 유지하고 젊음을 유지하는 최고의 운동이다.

오래 씹으면, 인체의 최고의 명약 중의 하나인 침이 분비된다. 침에는 소화 작용뿐만 아니라, 면역기능을 높여 주는 면역 글로블린이나 노화방지 호르몬인 파로틴이 함유되어 있다. 환경오염의 시대에 동물에는 항생제가 식물에는 농약이 그리고 인스턴트 식품에는 방부제 등이 들어 있다. 그런데 침은 내 몸의 세포변형을 일으킬 수 있는 해로운 물질들을 제거 할 수 있는 프록시다제, 면역 글로블린 등 활성 산소를 제거할 수 있는 특별한 성분을 함유하고 있다. 그러므로 부드러운 음식은 30번 이상을 씹으면 침이 충분히 섞이게 되고, 질기고 단단한 음식은 50번 정도 씹음으로써 해독시켜 먹을 수가 있다. 큰 질병일수록 천천히 오래 씹기를 실천해야 치유에 도움이 된다. 감사하는 마음으로 즐겁게 씹을수록 침 속의 유익한 치유 호르몬이 증가되어 면역력이 높아진다. 천천히 오래 씹으면 만복중추가 자극되어 비만도 억제되고, 소모 칼로리의 증가로 다이어트 효과도 발생한다. 질병과 비만을 치료하는 기적의 치유와 다이어트의 첫걸음은 천천히 오래 씹기 운동이다.

이 시대에 가장 급속도로 늘고 있는 암 중에 하나인 췌장암이 있다. 췌장암은 여러 가지 원인에 의해 발생하지만, 그중에서 대표적인 두 가지 원인이 입안에 있다. 첫째, 음식을 빠르고 크게 먹음으로써 아밀라아제라는 소화효소가 적게 섞인 음식을 위로 내려보내면, 장으로 내려가기 전에 췌장에서 아밀라아제를 대량으로 분비해야 한다. 그 결과 췌장은 아밀라아제를 분비하기 위해 무리하게 작동을 해야 한다. 그래서 염증이 발생하고 염증의 원인이 계속 반복된다면, 암으로 발전할 가능성이 높아진다. 둘째, 충치나 잇몸의 염증을 방치하면 그 세균이 혈액이나 침을 따라 온몸으로 퍼지게 된다. 그 세균이 가장 좋아하는 곳이 뇌와 췌장이다. 그래서 췌장암의 31가지 원인 세균 중에 26가지가 구강 내 세균이라고 한다. 구강 내 세균이 췌장을 제일 좋아하는 이유는 구강 내 환경과 같은 아밀라아제가 분비되기 때문이다.

그리고 입안 세균은 뇌에 많이 침투한다. 뇌에는 세균을 막아주는 강한 방어막이 있는데 입안 세균은 이 장벽을 뚫고 들어갈 수 있다. 그래서 핀란드에서 치매 환자들을 부검한 결과, 뇌에 보통사람들보다 더 많은 구강 내 세균이 들어 있는 것을 발견했다고 한다. 그 밖에도 한방에서는 치아가 약하면 신장도 약하다고 한다. 신장과 치아는 임신기 동안 같은 시기에 형성되기 때문이라 한다. 그 형성 시기에 산모가 스트레스를 받거나 음주, 흡연, 인스턴트 식품, 탄산음료 등 식생활습관에 문제가 있을 때 더 약해진다. 올바른 양치법과 더불어 잇몸 염증을 정기적인 스케일링과 잇몸치료로 제거해 주는 것은 치매와 암을 예방하는 아주 중요한 치료법이다. 또한 21세기 환경오염과 질병이 늘어갈수록, 음식을 30번 이상 천천히 오래 씹는 것은, 내 건강과 행복을 지키는 첫걸음이라 할 수 있다. 즐겁고 감사하며 천천히 오래 씹는 좋은 습관과 침은 내 안의 웰빙과 치유를 담당하는 최고의 명의라 할 수 있다.

웃 음

　50년 전에 비해 가장 심각하게 잃어 가는 것이 있다. 그것은 웃음이다. 위기와 기회의 시대 그리고 쏟아지는 정보와 급변하는 사회에 적응하기에 급급하여, 어느새 웃음을 잃어버리고 있다. 웃는 것은 만병의 원인인 스트레스를 해소하는 최고의 명약이다. 그리고 스트레스의 주요 원인은 가정에서의 행복과 직장이나 일터에서의 성공이라 한다. 그런데 웃음이 반쪽 이하로 줄어들고 있다. 그래서 그 줄어든 웃음의 빈자리로 불행과 질병이 어느새 자리 잡아 가고 있다. 그렇다면 그 문제 해결의 가장 쉽고도 좋은 최고의 해법을 잃어 가는 것이라 할 수 있다. 21세기 질병의 위기와 경쟁의 스트레스 시대가 진행될수록, 웃음을 생략한 건강은 생각할 수도 없다. 또한 가정과 직장에서 웃음을 잃어버리거나 즐거운 미소가 사라진다면, 행복과 성공은 그만큼 더 멀어져 갈 것이다.

웃음은 만병의 원인인 스트레스를 해소하고 혈액순환을 촉진하여, 우울증과 심장질환을 예방하고 치료하는 데 효과적이다. 통증을 줄여 주는 호르몬인 엔돌핀과 엔케팔린이 분비되어 천연 진통제 역할을 한다. 면역력을 높여 주고 항암제인 자연 살해(NK)세포를 활성화시킨다. 크게 한번 웃으면 조깅을 5분, 크게 1분 동안 웃으면 산소공급이 배로 증가하며 열량이 소비되는 유산소운동으로, 10분 걷기와 같은 운동 효과가 나타난다. 다이어트 효과가 있어, 한번 크게 웃을 때마다 약 3.5칼로리가 소모된다고 한다. 웃음이 최고의 보약이라는 말은 이처럼 과학과 의학적으로도 입증되고 있다.

20세기까지는 '생각하고 말하는 대로 운명과 미래가 흘러간다'라고 해 왔다. 21세기는 '생각하고 말하는 대로 그리고, 미소의 의미 따라 운명과 미래가 흘러간다'라고 미소의 의미를 추가해야 한다. 그 이유는 몸 따라 마음이 가고 마음 따라 몸이 간다. 그리고 미소 따라 몸과 마음이 견인된다. 몸과 마음을 동시에 바꿀 수 있는 것이 미소이다. 이처럼 강력한 미소는 두 가지 의미를 가지고 있다. 첫째는 즐거움이요, 둘째는 웃음이다. 즐거움은 내 삶을 성공과 행복 그리고 건강으로 살아가게 하는 필수 요소이다. 그리고 즐겁게 최선을 다할 때 5% 성공 가능성의 문을 통과하는, 성공프로가 가능해진다.

즐거운 일은 따로 있는 것이 아니라, 내가 하고 있는 일을 즐겁게 만들 수 있는 좋은 습관과 실력이 필요하다. 만일 이러한 일이 어렵다면, 즐겁게 할 수 있는 좋은 습관과 실력을 기르는 미소를 먼저 지으면 된다. 미소를 짓고 일하다 보면 어느새 그 일이 즐거워질 것이다. 그리고 내 삶의 역경이나 슬픔 등을 극복할 수 있는 가장 쉽고도 강력한 방법은, 먼저 미소를 띠는 것이다. 미소를 띠다 보면 몸과 마음이, 가장 빠른 시간 내에 긍정으로 전환 될 가능성이 높아진다. 결국 삶의 문제 해결의 가능성도 높아질 것이다. 잠재 뇌의 특성과 원리에 의해 즐거운 척 웃는 것도, 실제 웃는 것과 같은 효과가 있고, 즐거운 마음을 끌어당긴다.

웃는 것은 건강과 행복을 끌어당긴다. 그런데 좋아서 웃으려면 하루에 몇 번이나 웃을 수 있을까. 그렇다면 웃다 보면 행복해지는 쉬운 길을 선택해야 한다. 행복은 스스로 행복의 숨은 그림을 찾는 사람, 행복하기를 선택하는 사람, 현재 행복하다고 믿고 느끼는 사람에게 미소 짓는다. 그런데 아무 때나 마구 웃고 다닐 수는 없다. 그래서 웃음 대신 입과 눈에 미소를 띠고 다니는 것으로 대신하면 된다. 또는 아침 저녁 웃으며 박수치기 운동도 좋은 방

나를 변화시키는 습관의 황금키

법이다. 또 한 가지 좋은 미소는 꿈과 목표를 이룬 10~20년 후에 성공 이미지의 미소이다. 즉 현재의 미소가 아니라 미래의 꿈과 목표를 이룬 높은 삶의 계단에서의 미소를 미리 당겨서 짓다 보면, 내 삶이 그 미소의 의미 쪽으로 빠르게 끌어당겨질 것이다.

한국 사람은, 아기 때는 하루 평균 300회 이상 웃는다고 한다. 그 후 급격히 줄어들어 중년이 되어 갈수록 10~15회로 적어지고, 60세 이후엔 5~6회로 줄어든다고 한다. 그런데 세월 따라 급격히 적어지던 그 웃음마저도 이제는 점점 더 희미해져 가고 있다. 인체의 성장발달과 퇴화과정에 의해, 40세 전후로 건강의 계단이 한 계단 떨어지고, 60세면 또 한 계단 떨어져서 성인병과 퇴행성 질환이 발생한다. 그러므로 질병예방을 위해서, 면역력을 높이는 중요 요소인 웃음과 미소는 세월 따라 늘려 가야 한다. 건강과 행복을 이루고 싶다면, 웃음과 미소를 지을 줄 알아야 한다.

웃음과 미소는 행운을 끌어당기는 긍정의 힘의 측정법이다. 또한 생각과 말과 더불어 운명을 결정하는 멋진 미소에는 아름다운 미래가 담겨 있다. 이처럼 운명과 미래를 바꿀 수 있는 가장 쉽고도 강력한 황금키를, 웃음과 미소 속에 넣어 준 것은, 항상 '감사하는 기쁨'으로 즐겁게 살아가라는, 창조주의 큰 사랑의 의미와 부탁이 들어 있는지도 모른다. 어쩌면 웃음과 미소는, 신이 인간에게 준 최고의 선물일지도 모른다.

21세기 플러스 인생을 원한다면, 평소에 일상생활에서 칭찬의 습관화와 더불어, 긍정적인 좋은 이야기나 축하하는 모임이나 장소를 찾는 것이 중요하다. 몸이 가는 곳을 따라 마음이 가고, 마음이 가는 곳에 몸이 따라가듯이, 내 운명과 미래도 내가 선택하는 장소나 사람들을 따라간다. 지금 현재의 내 주변 사람들과 상황을 잘 점검하면, 지나온 과거의 나의 선택과 결정을 알 수 있다.

21세기 꿈과 목표를
이루는 특별한 조건들

나와 상대를 바꾸는 3단계 칭찬 비법

나와 상대의 좋은 점 칭찬하기

상대의 장점을 진심으로 칭찬하면 내게도 그 장점의 씨앗이 심어진다. 그리고 상대의 장점을 바라보는 나의 긍정적인 생각과 아름다운 눈에는 긍정의 에너지가 넘치게 된다. 나나 상대의 특별한 장점과 잠재되어 있는 좋은 장점을 발견해서 칭찬으로 발전시킬 수 있는 특별한 인연을 만나는 것이, 인생 최고의 행운을 만나는 것이다. 자신을 칭찬할 줄 아는 넉넉하고 큰 긍정의 사람이, 상대의 장점이나 좋은 점을 찾아 칭찬하는 훌륭한 큰 마음을 가질 수 있다. 또한 나의 장점이나 좋은 점, 잘하는 일을 칭찬하는 것은, 자존감과 자신감을 높이고 성공 이미지를 강화하여, 꿈과 목표를 이룰 가능성을 높인다.

상대의 장점이나 좋은 일을 축하하면 우리의 잠재 뇌에 나도 그러한 좋은 점이나 일을 원한다고 운명의 방향키를 정해 주는 것과 같다. 저절로 그 방향으로 내 운명과 미래가 움직이게 된다. 하지만 내 삶을 변화시키는 모든 습관의 씨앗은 3주가 지나야 해마에서 1차 접수되고, 3개월이 되면 내 몸 세포의 80~90%가 교체되어 2차 숙성이 되고, 3년이 지나면 드디어 잠재 뇌에 폴더로 등록이 되어 학습 효과가 나타나게 된다.

그리고 내가 심은 칭찬 습관의 나무는 칭찬의 씨앗을 뿌린 지 3년이 지나야 그 칭찬 열매가 열리기 시작하고, 그 후로는 평생 동안 수확하게 된다. 한 그루에서 수십, 수백 개의 열매가 열리게 된다. 지금 주변에서 칭찬과 사랑을 받고 있지 못하다면, 칭찬의 나무를 심고 3년 동안 가꾸지 않았던 것이다. 칭찬과 존중 그리고 사랑과 인정을 받는 멋진 인생을 원한다면 오늘부터 칭찬의 나무를 심어야 한다. 항상 늦었다는 것을 발견한 그때가 가장 빠른 때이다.

빌 게이츠는 자신의 성공비결을 다른 사람의 장점을 내 것으로 만드는 것이라고 했다. 그는 라이벌이든 아무리 평범한 사람일지라도 만나는 모든 사람에게서 장점을 찾으려 했고 그것을 배우려

했다고 한다. 이처럼 칭찬은 나와 상대의 긍정의 에너지를 확대하여 모든 좋은 것들을 끌어당기는 에너지로 작용하게 된다.

그리고 칭찬도 반드시 반복 훈련과 연습이 필요하다. 훈련되지 않으면 어색해서 상대가 받아들이기 어려워진다. 또한 어려서 칭찬을 들어 본 사람이 상대를 칭찬할 줄 알게 된다. 사람은 칭찬을 먹고 자라는 항상 칭찬에 목이 마르는 나무라고 생각하고, 칭찬을 아끼면 절대 안 된다. 그리고 칭찬을 받은 대다수의 사람들은 칭찬받은 그 내용을 더 잘하려고 노력하게 되고, 그 결과 칭찬받은 대로의 사람이 되어 간다.

[탈무드의 명언]
"가장 현명한 사람은 모든 것에서 배우려는 사람이고, 가장 사랑받는 사람은 모두를 칭찬하는 사람이고, 가장 강한 사람은 자기 자신을 이기는 사람이다."

내가 배우고 싶은 상대의 장점 칭찬하기

내가 배우고 싶은 장점을 칭찬하려는 사람은 먼저 자신의 꿈과 목표 그리고 계획이 세워져 있어야 한다. 그 꿈과 목표를 이루기 위해서 자신에게 필요한 것이 무엇인지를 먼저 알아야 한다. 또는 건강과 행복 그리고 성공을 위해 내게 필요한 것이 무엇인지를 파악해야 한다. 그리고 그것을 키우는 가장 효과적인 방법 중에 하나는, 내가 필요로 하는 것을 상대의 장점에서 찾고 칭찬을 통해 간접 경험으로 배우는 것이다. 칭찬을 듣는 상대도 자신의 장점의 재발견과 확인을 통해, 더 많은 발전과 삶의 활력이 증진된다. 그리고 배우려는 겸손한 자세의 칭찬은, 성공과 행복을 결정하는 성공적인 대인관계의 핵심 조건이다.

우리의 잠재 뇌는 남이 없다. 상대를 칭찬하는 것도 나를 칭찬하는 것과 같은 효과가 있어 우리의 잠재 뇌는 그 방향으로 내 인생을 끌고 간다. 그 결과 나에게도 그러한 좋은 습관과 장점이 서서히 생기기 시작한다. 그리고 상대의 장점을 칭찬할 때 그 장점에 대해 질문과 대화를 통해 배운다면, 훨씬 더 빠르게 학습된다. 내가 필요로 해서 호기심과 즐거운 열정으로 배우는 것은 더욱 빨리 흡수되기 때문이다. 성공·프로는 항상 자신의 일을 즐겁게 최선을 다하는 사람이고, 건강과 행복 프로는 일상의 크고 작은 평범한 일들을 즐길 줄 아는 사람이다. 그러니 세상 모든 것으로부터 배우려는 겸손한 자세로, 그리고 항상 모든 것에서 즐겁게 장점을 찾으려 하는 지혜로운 마음으로, 세상을 살아 나가면 그만큼 선물과 축복을 받게 된다.

나를 변화시키는 습관의 황금키

"언젠가라는 말로 생각하면 실패하고, 지금이라는 말로 행동하면 성공한다."

상대를 변화시키는 세 가지 특별한 칭찬법

사람들은 나를 바꾸는 것도 쉽지 않은데, 상대를 바꾸려고 한다. 그런데 더 놀라운 사실은 나를 바꾸는 것은 어느 정도의 노력을 하면 가능하지만, 상대를 직접적으로 바꾸는 방법은 없다. 왜냐하면 상대는 자신이 좋아서 3년 정도를 반복해서 잠재 뇌에 습관의 폴더로 등록이 되어야만, 그제야 바뀌기 때문이다.

3년 동안 스스로 원하고 즐겁게 반복할 때만 변화가 가능하다. 그러니 지적이니 비교 등은 상대에게 전혀 도움이 안 된다. 오히려 상대에게 너는 이것을 못하는 사람이라는 명찰을 달아 주는 부정적인 효과가 있어, 발전 가능성을 줄여 주는 역효과가 발생한다. 그런데도 사람들은 잠재 뇌와 습관의 원리와 특성을 잘 모르기 때문에 비교의 사자, 심판의 사자, 정의의 사자가 되어 사랑이라는 이름으로 가까운 사람일수록 더 지적하고 고치려 한다.

자신이 상대의 발전 가능성을 얼마나 깎아 내리고 있는지를 안다면, 정말 이제부터라도 지적과 비난은 금지해야 한다. 즉 그가 바뀌지 않는 것이 아니라, 오히려 그를 바꿀 수 있을 만큼의 나의 능력이 부족한 것이다. 만일 지금이라도 세계 5대 성인이나 카네기 등 각 분야별 최고의 전문가가 온다면, 아마 나보다 10배, 100배 쉽게 상대에게 변화를 유도할 수 있을 것이다.

언제나 상대가 안 바뀌는 것이 아니라, 내가 그를 바꿀 만한 지혜와 능력을 아직 키우지 못한 것이다. 상대를 변화시키는 법은 간접적인 방법만 있을 뿐이다. 그 간접적인 방법 중에 최고의 방법은 칭찬을 통한 방법이다. 상대를 바꾸는 세 가지 칭찬의 비법과 공식에 대하여 알아보기로 하자.

〈1〉 '마법의 명찰' 칭찬법
— 믿음과 반복의 암시로 특정한 운명을 주문하는 마법의 상표효과

상대를 변화시키고 운명을 정해 주는 칭찬법이 있다. 그것은 나와 상대에게 반복적으로 "너는 잘될 거야", "너는 할 수 있어", "너는 특별해" 등 변함없는 믿음으로 하는 반복 칭찬법이다. 또는 특별한 별명을 반복적으로 불러 주는 방식으로 상대를 변화하도록 유도하는 칭찬법이기도 하다. 상대나 자신에게 "너는 그런 사람이야"라는 명찰이나 상표를 가슴과 잠재 뇌에 붙여 운명을 미리 정

나를 변화시키는 습관의 황금키

해 주는 특별한 효과가 있다.

주변에서 항상 듣게 되는 이야기나 자신이 평소 일상생활에서 자주 하는 이야기는 자신의 운명과 미래가 되기 때문이다. 그래서 말하고 생각하는 대로 운명이 흘러간다고 한다. 그래서 평소에 자신의 인풋과 아웃풋을 잘 점검해서, 그대로 이루어지면 안 되는 부정적인 생각과 말을 주의해야 한다. 그 사람의 장점을 극대화시키거나 또는 단점을 가릴 수 있는 별명이나 반복적으로 들려주는 칭찬은 특별한 마법의 명찰을 붙여 주는 훌륭한 일이다. 명찰은 최대한 간단하고 심플할수록 마법의 효과가 더 커진다.

'마법의 명찰'을 붙이는 새로운 방식으로, 내가 아닌 외부에 달아 둘 수도 있다. 그것은 목표, 좌우명, 자기 긍정의 확언, 좋아하는 명언 등을 정성스럽게 적은 후 자신에게 발송한 멋진 엽서처럼 예쁘게 만들어, 잘 보이는 곳에 붙여 놓고 자주 들여다보거나 암송하는 방법이다. 또는 간판의 상호나 광고의 선전 문구 등을 이용하는 방법도 있다. 이러한 방식은 생각을 실천으로 진행하게 만드는 공식이자 성공률을 높이는 비법이다. 최종적인 선택과 실천력을 결정하는 핵심사항은 언제나 외부의 말이나 자극보다는, 스스로 하고자 하는 의지와 자신감과 믿음 등에서 더 큰 영향을 받는다.

예를 들어 필자는 마음의 나이를 '31세'로 정해 놓고 있다. 그 이유는 길에 다니다 가끔 눈에 띄는 간판이나 광고판에서 '31'이라는 숫자를 발견할 수 있었기 때문이다. 그 후로는 상점에 들어가서 무얼 사거나 지나가다 간판을 보기만 해도, 절로 미소 지으며 젊음의 싱싱한 활력에너지를 재충전할 수 있었다. 이처럼 눈에 띄는 곳에 걸린 간판이나 광고판 등에 별주부전에서 산속에 두고 왔다는 토끼의 간처럼 '마법의 명찰'을 나만의 장소에 걸어 두어도 된다.

잠재 뇌는 남이 없기 때문에 상대에게 들은 것이나 내 자신에게 반복적으로 보여 주거나 들려주는 이야기는, 모두 자신의 운명을 바꿔 주는 중요한 역할을 한다. 그러므로 반복적으로 들려주는 자신에 대한 칭찬이나 자기 암시도 '마법의 명찰' 역할을 한다. 자기 긍정의 확언도 외워서 암송할 정도가 될 때까지 책상 위에 붙여 놓고, 아침저녁으로 반복하면 좋은 운명을 끌어당기는 마법의 요술봉이 된다.

[참고] 자기 긍정의 확언 베스트 3
① "어제보다 나은 오늘, 나는 모든 것이 점점 더 좋아지고 있다."
② "나는 항상 운이 좋아. 모든 것이 다 잘될 거야!"
③ "나는 할 수 있다. 나는 무엇이든 될 수 있고 이룰 수 있다."

나를 변화시키는 습관의 황금키

■ '마법의 명찰' 예

우리가 알고 있는 영웅과 전설들은 대개 어린 시절에 어머니나 주변사람의 변함없는 기대와 격려와 함께하는 특별한 칭찬이 있었다. 그 특별한 칭찬은, 훗날 아이에게 동화 속 이야기처럼 '마법의 명찰'이 되어, 실제로 현실에서 꿈을 이루게 하였다.

◇ 레오나르도 다빈치와 할머니

레오나르도 다빈치의 할머니는 사생아(지주인 아버지와 소작인 어머니에게서 태어남)로 태어나 집 밖에도 나가지 않고 의기소침해 있는 손자에게 항상 같은 말을 되풀이했다고 한다. "다빈치야, 너는 뭐든지 할 수 있어! 할머니는 너를 믿는다!" 배운 것이 없었던 할머니는 손자의 기운을 북돋아 주기 위해서 항상 세상을 떠나는 날까지 계속해서 이 말만 반복했다고 한다. 불후의 명작 '최후의 만찬', '모나리자' 등을 남긴 레오나르도 다빈치는 다양한 분야에서 업적을 남긴 훌륭한 인물로 성장하게 되었다. 결국 할머니의 반복적인 칭찬과 믿음의 말은, 손자의 내면에 깃든 천재성을 발휘할 수 있게 하는 '마법의 명찰'을 달아 주었던 것이다.

◇ 에디슨과 어머니 낸시

에디슨은 초등학교에 입학한 지 3개월 만에 선생님으로부터 다른 아이의 수업을 방해하는 문제아라는 이유로 퇴학을 당하고 아버지를 비롯하여 주변 사람들로부터 문제아로 낙인이 찍혔었다. 그래도 어머니 낸시는 항상 에디슨을 "너는 다른 사람들과 다를 뿐이다"라고 에디슨을 남들과 다르게 생각할 줄 아는 특별한 아이라고 항상 칭찬했다. 그리고 더 중요한 점은 실제로도 그러한 기대와 믿음을 변함없이 보내 주었다고 한다. 어머니의 교육 방침은 '도서관에서 책을 읽게 하고, 하루하루를 즐겁게 보내는 것을 알려 주는 것'이 최선의 교육이라 생각했다. 에디슨은 훗날 성공한 후에 "어머니는 항상 나를 믿어 주셨습니다. 나는 어머니의 확신이 틀리지 않았다는 것을 보여 드리기 위해서라도 열심히 노력을 해야겠다고 결심을 다져 왔습니다"라고 했다. 어머니의 특별한 '마법의 명찰'과 '변함없는 믿음'은, 결국 '최고의 발명왕 에디슨'이라는 영원한 훈장을 받게 했다.

◇ 아인슈타인과 어머니 파울리네

아인슈타인은 고등학교 시절 공부를 못하는 학생이었다. 그래서 어머니 파울리네가 학교에 갔을 때 선생님이 "이 아이는 대학에 가기가 힘들겠습니다"라고 얘기했다. 집에 돌아오는 길에 "너는 다른 사람들하고 달리 특별한 사람이야"라고 아인슈타인에게 믿음과 기대를 보내 주었다고 한다. '너는 특별한 장점이 있고, 세상에는 너만이 감당할 수 있는 일이 있단다. 너는 틀림없이 훌륭한 사람이 될 거야!'라는 말을 항상 들려주었다고 한다. 아인슈타인은 수학과 과학 공부를 특별하게 잘하는 사람이었다. 그는 인류가 낳은 최고의 과학자로 성장하게 되었다. 이처럼 어린 시절에 어머니나 주변으로부터 듣는 칭찬과 기대는 훗날 그 아이의 장래에 상상할 수 없는 커다란 영향을 미치게 된다.

◇ 피카소와 어머니 마리아 피카소 로페스

피카소의 어머니 마리아 피카소 로페스는 어릴 때부터 피카소에게 "너는 커서 군인이 된다면 장군감이고, 성직자가 된다면 교황감이고, 정치를 하면 대통령이 될 것이야"라고 어느 분야든 최고가 될 것이라는 '특별한 사람'이 될 것이라는 이야기와 믿음을 가졌다고 한다. 어린 시절 아이에게 들려주는 부모의 기대와 확신은, 자녀에게 그대로의 확신으로 전해진다. 그 말은 어린 피카소에게 큰 영향을 미쳤고 결국 20세기 최고의 거장 피카소가 되었다. 훗날 인터뷰에서 그는 "나는 군인, 성직자 대신 화가가 되었다"라고 했다.

◇ 이율곡과 어머니 신사임당

태몽을 이용하여 '마법의 명찰'을 달아 주는 칭찬법이다. 태몽은 실제로 어머니만 안다. 그러니 이왕 태몽을 말해 주려면, 자녀의 장래에 최대한 유리하게 포장해서 전해 주는 것이 좋다. 국내에서도 이런 좋은 사례가 있다. 신사임당과 정승 이율곡의 이야기다. 신사임당은 아들에게 항상 태몽을 들려주었다고 한다. "너는 태몽에 용이 빛을 내며 하늘로 올라갔단다. 너는 이 나라에 훌륭한 정승이 될 것이다"라고 미래를 예시하는 꿈 이야기를 계속 들려주었다고 한다. 훗날 그는 가장 인품이 높은 사람이요, 훌륭한 정승으로 역사에 빛나는 인물이 되었고, 신사임당은 대한민국 최고의 어머니로 평가받게 되었다. 역사적으로 훌륭하게 된 사람들은 대개 태몽이 좋았다고들 하는데, 이는 아마도 지혜롭고 현명한 어머니 덕분일 것으로 생각된다.

〈2〉 '도미노 긍정' 칭찬법
— 칭찬에 긍정을 붙이는 최고의 고품격 칭찬공식

이 방식은 파스칼의 원리를 이용하여 한 가지를 고치면 도미노처럼 열 가지, 백 가지가 고쳐지는 특별한 효과가 있는 칭찬법이다. 그 방법은 칭찬에 긍정을 붙이는 것이다. 그렇게 되면 상대를 변화시키는 도미노 효과가 발생하게 된다.

예를 들어 누군가가 청소를 도와주었을 때 평소처럼 '청소를 도와주셔서 감사해요!'라고 말한다면 단지 청소하는 것에 대한 칭찬만을 한 것이다. 그런데 '청소 도와주시는 배려심이 정말 멋져요!'라고 말을 해 준다면 청소 한 가지를 도와주었을 뿐인데 그 뒤에 배려심이라는 긍정의 단어를 붙임으로써 다른 여러 분야에서도 배려심이 발휘되어 도와주는 파급 효과가 발생될 것이다.

　두 번째 예로는 아이가 책을 읽을 때 '책을 읽는구나!'라는 평범한 칭찬보다는 '책을 읽으니, 지혜로워지겠구나!'라고 말을 해 주면 책을 읽어 지식만 얻는 것이 아니라, 그것을 삶에 대입하는 산 지식, 즉 지혜로움으로 삶에 대입할 수 있는 능력의 씨앗이 자라나게 될 것이다. 또는 '공부하기에도 바쁠 텐데, 책을 읽는 걸 보니, 너는 뭐든지 열과 성을 다하는구나!'라는 특별한 아이라는 칭찬으로 칭찬효과가 다른 일에도 도미노처럼 확대될 것이다.

　세 번째 예로는 누군가에게 작은 선물을 받았을 때 우리는 보통 '감사합니다' 또는 '선물 고마워요'라고 이야기한다. 그럼 단지 이번 선물에 대한 감사와 칭찬만 하는 것이다. 그런데 앞으로 계속 선물할 수 있게 하거나 또는 나를 사랑하고 배려하게 만드는 비법이 있다. 그것은 '감사해요! 선물이 너무 예뻐요. 안목이 뛰어나네요!' 또는 "선물 고마워요. 친절한 배려에 항상 마음이 따뜻하네요!"라고 기쁘고 감동받은 표정으로 이야기를 한다면, 또 사 주고 싶은 마음이 바로 발생할 것이다.

감동받은 나의 반응과 태도가 상대로 하여금 계속 선물을 주고 싶은 마음이 들게 한다. 이런 칭찬이나 감사의 말은 가능한 한 빠른 시간 내에 할수록 효과가 있다. 시간이 지날수록 칭찬과 감동의 효과가 줄어든다. 하지만 시간이 지날수록 잊혀져 가는 감동을 다시 되살리는 방법이 있다. 다음 만남에 상대가 사 준 선물을 직접 착용하고 나와, '잘 어울리지요? 선물 감사해요!' 또는 '세련된 선물, 정말 마음에 들어요!'라는 감사나 칭찬의 말을 한 번 더 전달하여, 감동의 불씨를 재확산시키는 방법도 있다.

〈3〉 제3자 전달 칭찬법
— 상대를 변화시키는 효과 극대화 칭찬비법

제3자를 통해 칭찬 당사자의 귀에 칭찬의 말이 돌아서 전해졌을 때 직접 칭찬을 할 때보다 그 칭찬효과가 10배, 100배 확산된다. 그래서 이 방법은 보통의 방법이 통하기 어려운 사람이나, 직접 말하기 힘든 사람, 가까운 사람들을 변화시키는 엄청난 효과가 발생한다. 특히 가족이나 직원이나 상사에게 적용할 때 제일 좋은 방법이다.

가족은 서로를 너무나 잘 알기 때문에 웬만한 칭찬으로는 감동받기가 힘들다. 그래서 이때에 쓸 수 있는, 상대를 변화시키는 최고의 비법으로 '제3자 전달' 칭찬법이 있다. 예를 들어, 아빠를 변화시키기 위해서 자녀들에게 '아빠는 우리 가족을 사랑하기 때문에 술 담배를 줄일 수 있을 거야'라고 평소에 금주와 금연을 힘들어 하는 아빠를 간접적으로 도와줄 수가 있다. 그 이야기는 자녀를 통해 아빠의 귀에 반드시 전달될 가능성이 높기 때문이다. 그에 더해 아빠는 우리 가족을 위해 정말 노력하는 대단한 사람이라는 등 또는 회사에서 정말 갖은 어려움이 있더라도 우리 가족을 위해 참고 인내하는 그런 훌륭한 사람이라는 등의 칭찬을 덧붙인다면 전달된 효과는 더욱 놀라워질 것이다.

이처럼 누군가가 나를 믿고 있다는 그러한 이야기가 가까운 가족 등 제3자를 통해 내게 들어왔을 때, 정말로 나 자신을 바꾸기 위해 최선을 다할 가능성이 높아질 것이다. 이 방법은 거꾸로 가족 중에 부모가 자녀에게 효과적으로 전달하는 방법도 있다. 즉 엄마가 아이에게 '아빠는 네가 잘될 거라고 믿고 있단다.' 그리고 '너는 어려서부터 이런 점이 남다르게 뛰어나다고 항상 말씀하셨거든!' 이와 같이 앞에서 그 아이에게 희망과 믿음을 전달하고 뒤에서 그러한 이야기를 뒷받침할 수 있는 내용을 덧붙임으로써, 아이의 미래에 새로운 발전과 풍요의 씨앗을 심어 줄 수 있다. 이러한 지혜로운 부모가 플러스 인생을 살아가는 가정과 가문을 만들어 나가는 것은, 그리 어렵지 않을 것이다.

직장에서의 상사나 존경하는 스승에게도 이러한 방식을 통하면 쉽게 인정받을 수 있다. 즉 다른 사람들을 통해 상사나 스승을 '이러한 면이 대단하고 멋있다!'라고 이야기를 한다면, 시간이 지날수록 그 이야기는 반드시 상대의 귀에 들어가게 된다. 이러한 이야기를 전해 들은 사람이라면, 그러한 이야기를 나 없을 때 평소에 칭찬하고 다니는 그 사람을, 인정해 주고 더 잘해 주게 되는 것은 당연한 일이다.

사람은 어떠한 특별한 계기를 갖게 되면 변화의 가능성이 생긴다. 그 변화의 계기를 갖게 되는 것은 대다수가 주변에서의 생각지도 못했던 칭찬일 경우가 많다. 그래서 문제아나 보통사람을 특별한 사람으로 만드는 데, 선생님의 기대와 칭찬을 친한 학생이나 다른 과목 선생님을 통해 간접적으로 전달하는 방법은 큰 효과가 있다. 그리고 본인에게 직접 전달하지 않더라도 주변사람들이 잘되기를 믿고 기대하는 마음으로 상대에게 관심을 보이는 것도, 그 당사자에게 특별한 발전효과가 있다고 한다. 그래서 자녀나 학생들에게 부모나 선생님이 특별한 사람이고 잘될 것이라는 기대를 변함없이 보내 주면, 상대는 기대한 대로의 사람으로 변화하게 된다는 연구결과가 있다.

'제3자 전달' 칭찬법에서 보면 꼭 사람을 통해서만 전달하는 것은 아니다. 그 매개체가 편지나 엽서, 감사카드 등을 통하여 상대에게 마음을 전달하는 것이다. 사이가 안 좋았던 군대가 있는 아들이나 시집가는 딸에게 보내는 부모의 편지, 또는 멀리 떨어져 있는 부모에게 보내는 자녀들의 편지나 엽서 등은 생각지도 못한 화해와 용서를 그리고 사랑의 재발견 효과가 발생할 때가 있다. 직접 말로 전하는 것보다 이처럼 편지나 엽서 등을 통하여 속마음을 전달하는 것은, 그 진정한 의미를 새롭게 느끼게 해 주어 상대에게 감동을 느끼게 할 수 있기 때문이다. 특히 평소에 감사하는데 말로 표현하기 어려운 사람에게는, 감사카드도 훌륭한 전달 수단이 된다. 그 효과는 기대 이상이다.

이처럼 알게 모르게 하는 제3자 전달 칭찬법은 세상을 지혜롭게 살아 나가는 최고의 비법이다. 평소에 상대가 없을 때 항상 칭찬하는 훈련이 습관화되어 있다면, 그 사람의 삶은 주위에까지 좋은 영향을 미칠 수 있는 훌륭한 사람이라고 볼 수 있다. 21세기 삶의 프로가 되는 가장 빠른 지름길이요, 플러스 인생을 살아가게 만드는 마법의 지팡이라고 할 수 있다.

이처럼 제3자 전달 칭찬의 효과는 상상한 것 이상으로 크다. 그렇다면 생각해 보자. 만약에 그것을 칭찬 대신 비난을 한다면 어떠한 효과가 돌아올까? 칭찬으로 얻은 이 파급효과보다 열 배, 백 배로 확대되어 비난과 불이익으로 돌아올 가능성이 많다는 점을 항상 기억해 두어야 한다. 평소에 비난을 하는 습관이나, 비난을 전하는 부정적인 사람이 되어서는 안 된다. 항상 칭찬을 하는 좋은 습관을 기르거나, 칭찬을 전하는 아름다운 사랑배달부가 되어야 한다.

그런데 하나 주의할 것은 평소에 불평불만과 지적과 비난을 많이 하는 모임이나 사람 옆에 있다 보면 폭탄을 맞을 경우가 발생한다. 부정적인 이야기가 오가는 곳에 같이 앉아 있는 것만으로도 대개는 암묵적인 동의로 해석한다. 그래서 부정적인 얘기를 주로 하는 그 친구나 그 자리에 있던 사람 중에는 당사자를 만났을 때, 오히려 내가 그렇게 말했거나 동의했다고 전달할 가능성이 있다. 그러니 나만 부정적인 이야기를 안 한다고 문제가 해결되는 것이 아니라, 가급적이면 평소에 부정적인 이야기를 주로 하는 사람이나 장소를 피해야 한다.

21세기 플러스 인생을 원한다면, 평소에 일상생활에서의 칭찬의 습관화와 더불어, 긍정적인 좋은 이야기나 축하하는 모임이나 장소를 찾는 것이 중요하다. 몸이 가는 곳을 따라 마음이 가고, 마음이 가는 곳에 몸이 따라가듯이, 내 운명과 미래도 내가 선택하는 장소나 사람들을 따라간다. 지금 현재의 내 주변의 사람들과 상황을 잘 점검하면, 지나온 과거의 나의 선택과 결정을 알 수 있다.

만일 현재의 상황이 마음에 들지 않거나 더 나은 미래를 원한다면, 우선 내 생각과 선택을 바꿀 필요가 있다. 지금의 부족한 현

나를 변화시키는 습관의 황금키

실에서가 아니라, 10년 후의 꿈과 목표를 이룬 자신의 품격과 성공 이미지에 걸맞은 장소와 모임을 미리 찾는 것이다. 그러한 시도와 변화는 내 운명과 미래를 플러스로 향하게 하는 좋은 공식이자 끌어당김의 비법이다. 플러스 인생을 원한다면 감사와 칭찬, 미소와 친절, 웃음과 배움 등이 넘쳐흐르는 품격 있고 멋진 자리에 함께하려고 노력해야 한다. '뿌린 대로 거둔다'와 '공짜는 없다'는 삶의 진리이자 자연과 우주의 법칙은 영원히 존재하는 위대한 법칙이다.

05
성공과 실패를 결정하는
습관화-실력화-명품화의 3단계

1단계: 습관화 과정

실력화 과정은 1단계 습관화의 과정으로부터 시작된다. 습관의 완성은 잠재 뇌에 습관의 폴더가 형성되기까지 3차 습관화 과정을 거쳐야 한다. 이는 잠재 뇌의 원리와 특성에 의해, 습관의 씨앗 형성과 숙성 과정을 거쳐 그리고 습관의 폴더의 완성으로 진행된다. 습관의 씨앗이 형성되는 1차 습관의 초기화 과정은, 3주 정도 자주 반복되는 생각이나 행동은 중요한 일로 인식되어, 뇌 속 기억 세포인 해마에 입력된다. 첫 3주는 변화와 적응의 시작이라는 의미를 갖는다. 2차 습관의 숙성 과정 3개월은, 새로 교체된 세포들의 기억 과정이다. 인체 세포는 평균 3~6개월에 90% 이상 새로운 세포로 교체된다. 새로운 습관을 만드는 데는, 이 기간이 중요한 변수이다. 무슨 새로운 일이나 계획은 대부분 이 3~6개월 기간 사이에, 그만둘지 또는 계속할지가 결정되기 때문이다.

3차 완성 기간은 3년으로 잠재 뇌에 정식으로 습관의 폴더로 등록된다. 이처럼 평균 3년이 걸려야 습관화가 완성된다. 건강과 행복 그리고 성공 등 삶의 모든 것은, 살다 보면 그냥 우연히 줍는 것(테이킹)이 아니라, 스스로 만들어 가는 것(메이킹)이다. 한번 잠재 뇌에 정식으로 등록된 습관은, 그것이 좋은 습관이든 나쁜 습관이든 가리지 않고 그대로 진행된다. 그리고 특별한 방식으로의 수정이나 변화 또는 큰 깨달음이 없는 한 일생동안 그대로 지속된다. '세 살 버릇 여든 간다'라는 속담도 있다.

공자님은 '사람의 운명은 태어날 때는 같으나, 습관에 의해 달라진다'고 하셨다. 21세기 4차 5차 산업혁명의 파도를 넘어 위기와 기회의 경쟁시대에서, 글로벌 기회를 선택하려면 3가지 습관을 만들어야 한다. 삶의 가장 기본이며 중요한 필수 습관은 '감사, 웃음, 칭찬, 인사, 친절'이다. 꿈과 목표를 이루고 발전과 풍요를 결정하는 황금키 습관은 '긍정의 언어습관, 성공적인 대인관계, 내 인생의 3대 실천 공식과 계획표'이다. 최상위 5%를 이루는 베스트 습관은, 상대를 기쁘고 행복하게 하는 말과 행동을 실천하는

21 행복프로 습관, 일상의 크고 작은 일을 즐기며 최선을 다하는 21 성공프로 습관, 나와 상대의 장점을 칭찬하고 단점을 있는 그대로 받아들이고 존중하는 21 건강프로 습관이다.

시작이 반이다. 어떤 일이든 처음 시작할 때는, 그 사람의 생각과 행동 등 모든 것을 지배하고 조정하는 뇌 속에, 그 새로운 일을 받아들이고 처리하는 방식과 패턴의 새로운 회로가 생기기 시작한다. 그 인풋과 아웃풋의 새 방식과 패턴은 1년 정도면 점차 고정되어 간다. 즉 결혼이나 직업 등 새로운 일을 시작할 때, 첫출발로부터 1년간의 적응과 발전 그리고 대처의 방식은, 그 후 그 일을 지속하는 동안 크게 변화가 없게 된다. 그래서 무슨 일이든 첫 1년을 어떻게 보내느냐는, 그 일의 최종 결과를 미리 예측하는 중요한 잣대가 된다. 최종 결과를 예측하게 하는 첫출발로부터 1년이라는 중요한 기간을 성공적으로 보내려면, 그 일에 대한 성공 공식과 비법 등에 대한 사전 준비가 필수적이다. 일을 처음 시작하면서, 그때서야 잘하면 되겠지라는 생각과 행동은, 대다수의 경우에 너무 늦게 된다. 실제로도 시작 전 사전 준비에 의해, 그 일의 시작과 중간 과정을 포함하여 전체의 성공과 실패가 영향을 받는 경우가 많다.

그런데 내 삶에서 크고 중요한 일일수록 출발 이전에, 그 일을 잘해 내고 정상급에 오르는 길에 대한 사전 정보와, 그에 따른 준비가 되어 있어야 한다. 예를 들어 스포츠나 각종 게임에서도 시합 시작 전에, 상대편에 대한 철저한 정보 분석을 하고, 충분한 훈련으로 미리 실력을 길러 두는 것이 승부를 결정하는 핵심 사항이다. 또한 중요한 시험일수록 실제 합격의 여부는, 그날 당일보다는, 그 이전까지 어떠한 준비를 했느냐에 달려 있다. 그러므로 삶에서도 가장 중요한 결혼과 직업 등도 출발에 앞서, 미리 행복 가정과 성공 프로를 이루는 공식을 학습해 두고, 꿈과 목표를 정하고 그에 따른 필수 습관과 조건 등을 미리 준비하는 것은 성공적이고 행복한 삶을 이루는 지름길이다.

　습관은 처음에는 사람이 만들지만, 완성이 되면 그 후로는 사람을 지배한다. 삶의 모든 좋은 일들의 끌어당김의 법칙은, 잠재 뇌에 좋은 습관의 폴더의 완성으로부터 시작된다. 그 좋은 습관의 폴더 형성의 법칙은, 첫째 출발 전 최상급 정보 선택과 성공 계획표 작성 등 철저한 사전 준비, 둘째 첫출발 1년 동안의 새로운 인풋과 아웃풋의 좋은 방식과 패턴 형성, 그리고 셋째 3년을 계속 꾸준하게 실천할 수 있는 지속력과 성실함 등 세 가지 요소에 달려 있다. 결국 삶의 모든 승부는 언제나 '이번 생에, 꿈과 목표는 무엇인가?', '나는 왜?, 누구를 위해?, 그 일을 하려는가?', '어떻게 이루려는가?, 그 계획과 실천은?', '꿈을 이룬 후, 무엇을 하고 싶은가?' 등 항상 자기 자신에게 길을 묻고 찾는 좋은 습관의 편이다.

Ⓜ 나를 변화시키는 **습관의 황금키**

2단계: 실력화 과정

　2단계 실력화 과정은, 습관이 실력으로 발전하는 과정이다. 숙달되는 기간과 완성도의 차이에 따라 3가지 방식이 있다. 습관의 실력화 과정이란, 반복되는 자극에 의해 '미엘린'이라는 두꺼운 피막의 절연체가 신경세포를 둘러쌈으로써, 전달과 반응의 속도가 수십 배에서 수백 배 빨라지고 잘하게 되는 과정을 말한다. 첫 번째 방식은 평균 20년에서 30년 정도 걸린다. 대다수 보통사람들의 일반적인 삶의 경우이다. 오랜 세월의 경험을 통해 저절로 그 일에 대해 알아 가거나 숙달되는 경우를 말한다. 그러므로 처음부터나 중간 중간에 여러 가지 불충분한 대처로 어려움을 겪게 된다. 훗날 그 일을 돌이켜보며, '그때, 미리 이러한 정보들을 알았더라면, 더 나은 준비와 선택을 했을 텐데…'라며 아쉬워한다. 일부에 대한 숙달이거나 깨우침일 경우가 많으며, 완성도는 높지 않은 편이다. 목표, 학습, 멘토, 비법, 공식 등을 추가할수록, 실력화의 기간 단축과 발전 속도가 달라지고 완성도가 높아진다.

　두 번째는 평균 10년이다. 이것은 각종 연구에 의해 어떤 일이든 숙달된 전문가가 되는 데 걸리는 시간이, 최소 10년 정도 걸린다는 것이 입증되었다. 독일의 신경과학자 다니엘 레비튼은 '어느 분야에서든 세계 수준의 전문가가 되기 위해서는, 1만 시간의 연습이 필요하다'고 했다. 그리고 말콤 글래드웰은 그의 저서 '아웃라이더'에서 전문가가 되는 데는 절대적으로 1만 시간이 필요하고, 하루에 3시간씩 연습하여 10년이 걸린다고 했다. 이는 꿈과 목표를 세우고 즐기며 최선을 다한 노력으로, 전문가나 달인이 되는 데 걸리는 시간을 말한다. 사전에 충분한 성공 정보를 수집하여, 미리 준비하고 출발부터 다양한 계획을 가지고 시작한 경우이다. 꿈과 목표와 분야별 성공·프로를 이룬 성취로 완성도가 높다.

세 번째는 최상급의 실력 즉 명품 실력에 도달하는 특별한 과정이다. 정해진 기간은 없고, 완성도는 누구나 인정하는 베스트나 온리 레벨이다. 최상위 성공의 공식이나 비법 전수 또는 명품 멘토와의 특별한 인연 등으로 수 년 내 이루거나, 또는 수십, 수백 년의 집념의 정성과 노력으로 명품으로 인정받는다. 또는 어려운 역경, 실패, 고난 등을 이기고 '그럼에도 불구하고'를 넘어서서 최고 레벨로 인정받는 경우이다. 타고난 선천성 재능이거나, 또는 후천성인 깨달음, 영감, 비법, 노력, 강연, 멘토, 행운 등으로 프로 너머의 진짜 프로의 반열에 오른 경우이다.

공짜는 없다. 노력은 성공을 배신하지 않는다. 단 노력한 사람이 모두 성공하는 것은 아니지만, 성공한 사람은 모두 노력을 했다. 성공한 사람들은 대다수 비슷한 공통점이 있지만, 실패한 사람들은 수많은 제각각의 사연과 원인을 가지고 있다고 한다. 처음부터 잘하는 사람은 없다. 그리고 성공을 이루는 방식에는 항상 공통적인 플러스 공식과 비법이 작용한다. 최상위 5% 성공 가능성의 문을 통과한 대가들의 비법서 첫 장에는, 언제든 반복 훈련과 연습 그리고 지속적인 실천력이 들어 있다. 또한 일상의 크고 작은 일들을 즐기며 최선을 다하는 좋은 습관이 강조되어 있다.

꿈과 목표를 이루는 데는, 반복연습과 훈련을 통해 일차적으로 성공 습관을 만드는 것이 중요하다. 습관과 실력화에는 나이에 따른 시기도 중요하게 작용한다. 뇌와 육체가 급속도로 성장하는 청소년기까지는 습득과 발전 속도가 대단히 빠르다. 그 후 뇌와 육체적인 완성기인 25세와 유지기인 30세까지는 발전 가능성이 빠르다. 그러나 30세가 넘으면 인체의 퇴화가 일제히 시작되고 40이 넘어 본격적으로 퇴화가 진행될수록, 습득과 발전 가능성의 문도 좁아져 간다. 이때부터의 변화와 발전은 본인 스스로의 강력한 목표의식이나 의지와 열정 등이 추가로 요구된다. 세월이 흐를수록 각종 한계의 벽이 강해져서, 특별한 감동이나, 깨달음 등으로 변화의 가능성이 한정되어 간다. 지식과 경험이 늘어 갈수록 알게 모르게, 자기 자신이 생각과 행동 그리고 습관 등의 한계의 벽을 두껍고 단단하게 쌓아 가기 때문이다.

1차 완성된 습관을 실력으로 만드는 데는, 세 가지 공식이 있다. 첫째 '어제보다 나은 오늘의 나'이다. 습관을 하루하루 더 발전시켜 실력을 늘리는 최선의 방식이다. 둘째는 '앞서거나 다른 플러스 5%' 달성이다. 최상위 5%에 가입 여부는, 우선 누가 더 좋은 플러스 5% 습관(감사, 웃음, 칭찬, 인사, 친절…) 만들기에 성공하느냐에 달려 있다. 오늘부터 내가 가진 모든 습관을 플러스 5% 높여서 실천하겠다는 목표를 가지고 살아 나간다면, 3년이 지나면 명품 습관화가 이루어진다. 그 이후 그 시대의 성공 공식이나 비법을 지속적으로 추가해 나가면, 앞서거나 다른 5%의 명품 실력으로 발전하게 된다. 이처럼 하루에 플러스 5%를 목표로 도전을 하다 보면, 어느새 최상위 5% 성공 프로 달성이라는 꿈이 이루어질 것이다. 셋째는 '자신의 영웅과 전설 깨우기'이다. 사람은 누구나 여러 가지 영웅적 자질을 가지고 있는 명품이다. 그들을 깨워 꿈과 목표를 이루려는 계획을 세우고, '나는 할 수 있다'는 믿음과 자신감으로, 최선의 노력과 즐거운 실천을 한다면, 누구에게나 기회의 문은 열려 있다. 그들 중에 분야별 영웅과 전설을 깨우고 넘어 '베스트 원'이나 '온리 원 그룹' 또는 '그럼에도 불구하고'라는 명품 실력이 탄생하게 될 것이다.

3단계: 명품화 과정

3단계 명품화 과정은, 자신의 영웅과 전설을 깨우는 즉 자신의 습관과 인품의 산을 넘어가는 3단계 관문을 통과하는 과정이다. 현재의 삶에서 거듭나서 자신을 둘러싼 운명의 울타리들을 하나 둘 넘어서는, 위대한 삶의 길이다. 우리의 삶은, 감사, 웃음, 칭찬, 인사, 친절, 학교, 사회, 결혼, 직업, 대인관계, 질병 등 넘어서야 할 높고 낮은 수많은 산들로 이루어져 있다. 하나의 산을 넘으면 언제든 또 다른 산이 다가선다. 그리고 또 다른 산을 넘다 보면, 그 다음 산이 슬며시 다가와 대기한다. 3단계 명품화는, 21세기 4차, 5차 산업혁명의 위기를 극복하고 기회를 선택하는 해결책이자, 경쟁력을 갖추는 최상급 플러스 비법이자 공식이다. 명품화란, 명품 실력, 명품 매력, 명품 멘토를 갖추는 과정을 의미한다.

명품화의 제1관문은, 습관과 인품의 8부능선에 걸쳐 있는 한계의 벽을 돌파하여 정상에 오르는 관문이다. 누구나 자신의 교육, 경험, 믿음, 가치관 등에 의해 형성된 생각과 행동, 습관의 벽이 존재한다. 일단 자신의 삶의 울타리를 형성하고 있는, 각종 한계의 벽들을 찾아서 돌파해야 한다. 그 한계의 벽들은 자신의 장점 가시와 단점 숙제 그리고 인풋과 아웃풋 등을 잘 들여다보고 분석하면 쉽게 찾을 수 있다. 현재의 삶보다 더 나은 건강과 행복, 발전과 풍요의 삶을 바란다면, 자신이 알게 모르게 가지고 있는 한계의 벽, 즉 습관과 인품의 산을 넘어야 한다. 그래야 지금보다 더 나은 운명과 미래를 만들어 갈 수 있다. 제1관문은 자신과의 승부에서 이겨서, 삶의 프로로 거듭나는 명품화의 첫 관문이다.

명품화의 제2관문은, 일차적으로 넘은 산을 지나, 그 너머의 산을 오르는 관문이다. 즉 다른 사람과의 경쟁에서 '앞서거나 다른 플러스 5%'에 도전하여, 최상위 5% 성공 가능성의 문을 통과하는 과정이다. 21세기 위기와 기회의 경쟁 시대에서 발전과 풍요의 기회를 선택하는, 가장 쉽고도 빠른 길이다. 일단 자신의 산들을 잘 넘기 시작해야, 그 길에서 배운 새로운 공식과 비법으로, 앞으로 다가올 각종 문제와 기회의 산들을 넘는 최선의 방식에 접근할 수 있다. 각종 문제와 기회의 산을, 어디까지 어떻게 그리고 누가 빠르고 쉽게 처리하고 넘느냐로, 자신의 가치와 삶의 계단과 질이 결정될 것이다. 자신의 산을 넘고 한 걸음 더 나아가 자신의 분야와 주변을 넘어서는, 2차로 거듭나는 길이다. 즉 분야별 프로너머의 프로에 오르는 두 번째 명품화의 길이다.

명품화의 제3관문은, 국가와 인류의 영웅과 전설로 등극하는 위대한 과정이다. 최상위 5%의 큰 산을 넘어, 최상위 1~0%대의 에베레스트급 높은 산을 정복하거나, 남들과 차별화된 어려운 산이나 다양하고 특별한 산을 넘는 관문이다. 자신이 속한 분야의 베

나를 변화시키는 습관의 황금키

스트 원이나 온리 원 그룹에 가입될 정도로 실력을 배양한 것이다. 또는 보통사람이 쉽게 돌파할 수 없는 역경이나 한계를 극복하고 '그럼에도 불구하고'를 이루어 낸 것이다. 자신의 전설을 넘어 분야별 전설을 넘어 국가와 인류 그리고 역사와 우주의 전설로 올라갈수록 최상위 경지에 오르게 될 것이다. 세 번째 명품화란, 이번 생에 자신의 잠재력을 최대로 계발하고 발전시킨 위대한 삶과 영혼의 길에 오르는 과정이다.

성공한 사람은 모두 공통점이 있고, 실패한 사람은 제각각의 이유를 가지고 있다. 일생이라는 산의 8부능선까지는 수만 가지의 방식과 길이 있다. 그런데 8부능선을 넘으면 그 방식과 길이 수십 개로 줄어들고, 상위 5%에 이르면 두세 가지로 줄어든다. 그래서 어느 길을 선택하든 정상에 가까워질수록 서로 보이고 만나게 되며, 마지막 최정상에선 결국 하나가 된다. 세상 모든 일은 원인과 결과의 법칙에 따른다. 그래서 삶은 아는 사람에게는 희극이고, 모르는 사람에게는 비극이라고 한다. 개인이나 국가의 영웅과 전설의 탄생은, 21세기 위기와 기회의 4,5차 산업혁명의 가장 바람직한 해결책이 될 것이다. 역사적으로 어려운 시기나 상황일수록, 그를 극복하는 영웅과 전설의 탄생과 발전이 이어져 왔다.

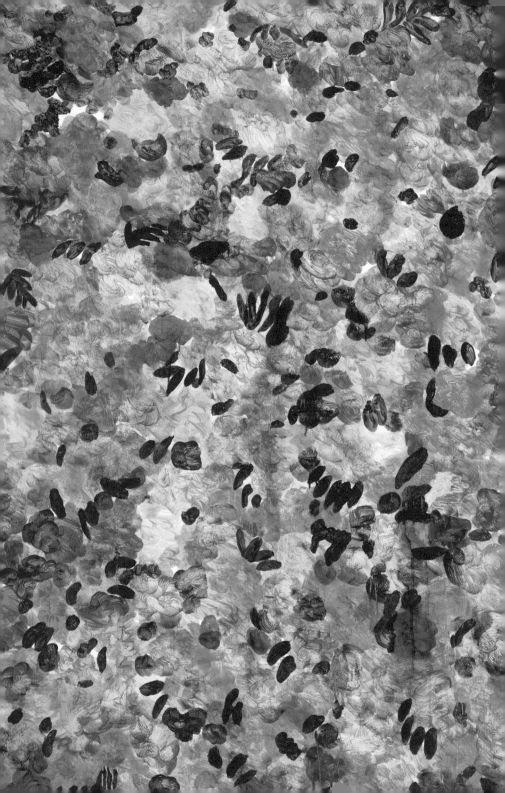

꿈과 목표를 이루는
속도와 높이를 결정하는 조건과 정보

꿈과 목표를 이루는 속도와 계단을 결정하는 조건들

〈1〉 나는 할 수 있고, 이룰 수 있다!

'내가 할 수 있고, 이룰 수 있다'라는 긍정적인 믿음과 확신이 그 일을 시작하게 하고, 꿈과 목표를 향한 열정과 자신감을 결정한 다. 그리고 내가 그 가능성을 믿지 않는 그 일은, 결코 내 삶에서 일어나지 않는다. 부모나 주변에서 내게 자주 들려주는 말이나 기대와 믿음 그리고 내가 주로 하는 말과 생각이 내 운명과 미래를 견인한다. 그러므로 평소에 지적과 비난보다는 칭찬과 격려와 자기 긍정의 확언 등이 좋은 운명과 미래를 끌어당긴다.

꿈과 목표도 처음부터 '나는 할 수 있다. 나는 무엇이든 될 수 있고, 이룰 수 있다!'라는 신념과 확신을 가지고 출발해야 한다. 미국의 존경받는 시인이자 사상가인 에머슨은 '자기 신뢰가 성공의 제1비결이다'라고 말하였다. 그 밖에도 믿음과 신념을 강화시키는 자기 긍정의 확언으로, '어제보다 나은 오늘, 나는 모든 것이 점점 더 좋아지고 있다!'와 '나는 항상 운이 좋아, 모든 것이 다 잘될 거야!' 등이 있다.

⟨2⟩ 나와 ○을 위해, 꿈과 목표를 왜 이루려 하는가?

'왜, 나는 그 꿈과 목표를 이루고 싶은가?'와 '누구를 위하여, 그 일을 하려는가?'에 의해, 꿈과 목표를 완성하게 하는 동기부여의 크기가 결정된다. 끊임없는 자신과 대화를 통한 질문과 대답이 필요하다. 성공을 위한 중요한 요소인 열정과 신념을 강화시키고, 꾸준한 동기부여와 실천의지를 높이기 위해서 '사랑의 힘'을 이용하는 것이다.

아직 나 자신을 진정으로 사랑하는 힘을 충분히 키우지 못했다면, 부족한 신념과 실천의지를 부모, 배우자, 자녀, 가족, 이웃, 나라, 창조주 등 자신에게 가장 큰 사랑 에너지를 줄 수 있는 대상을 선택하여, '그를 위해서'라는 '사랑의 에너지'를 빌려 오는 것이다. 예를 들어 또는 베토벤처럼 자신의 음악을 '세상의 고통 받고 있는 사람들에게 평화를 주기 위해서!'라는 목표를 세우거나, 또는 학창 시절에는 '미래의 사랑하는 가족을 위해서!'와 같은 목표를 세우는 것도 효과적인 방법이다.

처음부터 이러한 '사랑의 힘'을 함께 생각해서 꿈과 목표를 세우고 실천하면, 성공 속도와 확률도 높아질 것이다. 그리고 중간 중간에 다가올 역경과 실패도 뛰어넘게 하는 긍정 에너지로 작용하게 될 것이다. 그것을 이루는 짧고도 긴 모든 과정과 삶을 즐길 수 있을 것이다. 그리고 그 대상에 대한 사랑의 크기와 깊이에 따라, 꿈과 목표를 달성하는 속도와 계단도 비례할 것이다.

〈3〉 꿈을 이룬 후, 무엇을 하려는가?

'꿈과 목표를 이룬 후 무엇을 하려는가?' 하는 생각은 꿈과 목표를 이루는 크기와 속도에 많은 영향을 미친다. 책을 읽을 때에도 내가 읽은 후에 누군가에게 삶의 지혜를 알려 주고 싶은 마음을 가진다면, 읽을 때의 마음가짐과 자세가 완전히 달라질 것이다. 역사에 기록된 위인이나 영웅의 공통점은 보통 사람들보다 앞서거나 다른 특별한 점을 가지고 있었거나, 자신의 일로 사람들에게 무언가 도움이 되고자 열정적으로 도전한 사람들이었다.

음악의 거장 베토벤도 자신의 음악으로 고통 받는 많은 사람들에게 도움이 되고 싶은 마음으로 항상 열정을 다했고 꿈을 이뤘다. 그리고 예를 들어 단지 취미나 대학진학을 위해 피아노를 배우는 것보다는 훗날 유명한 피아노 학원 선생님이 되기 위해 배우는 것이 더 빠르고 큰 학습효과가 있다. 그리고 세계적인 훌륭한 연주자가 되어 사람들에게 감동을 주겠다는 높고 큰 목표와 꿈을 가진다면 그에 비례하여 발전 속도와 성취가 이루어질 것이다. 꿈과 목표를 이룬 후, 진정으로 하고 싶은 일과 자신이 이룬 재능과 능력으로 나눔과 봉사 하고픈 이웃, 국가, 세계 등 그 사랑의 크기와 범위에 영향을 받는다.

'꿈을 이룬 후, 무엇을 하려는가?' 하는 생각은 또 한 가지 중요한 의미를 갖는다. 만일 학창시절의 꿈과 목표가 단순히 의사, 판사, 선생님, 연예인 등이었다면, 그 꿈을 이루고 나면 목표가 실종되어, 그 분야에서 프로가 되고자 최선을 다하기 어렵다. 또한 은퇴하고 나면 삶을 마무리하려는 경향이 강할 것이다. 그런데 만일 꿈을 이룬 후의 나눔과 봉사 등 멋진 계획이 같이 있었다면, 그 분야에서 최고의 프로가 되려고 노력할 것이며, 그 일을 하는 과정도 무척 즐거울 것이다. 만일 중간에 그 일을 그만두게 되는 일이 발생하더라도 후회 없이 최선을 다했으므로 미련이 덜 남을 것이다. 그리고 은퇴 후에도 그 방향으로 계속 보람 있고 활기찬 날들을 살아가게 될 것이다.

성공 계단의 높이와 범위를 결정하는 3대 조건

〈1〉 좋은 습관

21세기 성공과 행복 그리고 건강은 감사, 웃음, 칭찬, 미소, 친절, 식생활 등 좋은 습관을 어떤 수준으로 얼마나 가지고 있느냐에 따라 결정된다. 내 운명은 80%는 습관이 결정한다. 그중에서도 삶에 직접적인 영향을 미치는 플러스 5%의 수준의 좋은 습관을 몇 개나 달성했느냐가 중요하다. 플러스 5%의 좋은 습관이란, 주변과 차별화된 누가 보아도 쉽게 인정할 만한 수준의 경지를 뜻한다. 그 숫자가 두세 개 이상으로 늘어 가면, 플러스 인생에 진입하게 될 것이다. 그리고 플러스 5% 습관 중에 한 가지 이상을 10%로 높인다면, 그 분야에서 습관의 '달인'이자 '신'의 경지에 오른 것으로, 누구나 꿈꾸는 상위 1% 이상의 프로 너머의 프로가 될 수 있게 해 줄 것이다.

그 앞서거나 차별화된 좋은 습관의 수준과 개수에 따라서 성공의 수직적인 높이가 결정될 것이다. 하루의 행위가 자신의 운명을 정한다. 언제든 습관을 바꾸는 일은, 내 삶을 가장 빠르고 쉽게 플러스로 변화시키는 가장 널리 알려진 공식이다. 그리고 그 좋은 습관들을 오늘 하루 평범한 일상에서 긍정의 언어습관과 성공적인 대인관계 등으로 발전시켜 나가는 자기 계발 능력에 달려 있다. 또한 꿈과 목표 그리고 계획을 꾸준히 실천하고 점검하는 자기관리의 습관에 달려 있다. 이처럼 일상의 크고 작은 반복되는 습관들은 성격과 인품으로 발전하고 운명과 미래를 결정한다. 그래서 운명과 미래는 자신이 선택한 것이고, 스스로 만들어 가는 것이라 한다.

〈2〉 좋은 인품

플러스 5%의 좋은 습관이 성공의 수직적인 높이와 계단을 결정한다면, 좋은 인품은 수평적으로 넓이와 범위를 확장하는 역할을 한다. 꿈과 목표를 이루는 데 있어서 습관에 비해 인품의 중요성과 가치는 덜 알려져 왔다. 인품은 내 운명의 15%를 결정한다. 인품은 수직적인 성공을 오래 유지시키고 확장시키는 중요한 역할을 한다. 아무리 수직적으로 높은 성공이나 전문가를 이루었더라도, 좋은 인품이 겸비되지 않으면 시간이 지날수록 사람들이 하나

둘 떠나게 될 것이다. 그 결과 반쪽짜리 성공으로 끝날 가능성이 높다.

하지만 좋은 인품이 겸비된다면 성공의 계단이 점점 더 넓어지고, 사람들이 모여드는 존경받는 삶의 프로가 될 것이다. 최고의 인품은 '감사, 웃음, 칭찬, 미소, 친절, 인사' 등 필수 습관과 '배려, 용서, 존중, 절제' 등 좋은 습관들이 오랜 세월 복합적으로 진행되며 서서히 만들어지는 것이다. 그리고 일상생활에서 최상위 인품의 제1관문이자 목표인 '나와 상대의 장점을 칭찬하고, 단점을 있는 그대로 받아들이고 존중하기'를 실천하는 것으로 완성되어 간다. 이 최상위 인품의 경지는 '21 마법의 삶과 기적의 치유'의 출발점이다.

건강하고 행복한 삶을 이루려면 모든 것을 긍정으로 전환하는 마법의 요술봉인 '그럼에도 불구하고'를 갖추어야 한다. 즐거움을 추구하는 21세기에, 긍정으로의 전환공식인 '그럼에도 불구하고'는 최상위 인품의 관문을 통과하는 필수조건이다. 실패, 역경, 비난, 질병 등 부정적인 상황에서도, 마음에 들지 않거나 싫은 상황에서도, 오히려 좋은 점을 찾아 자신의 성장발전의 밑거름이자 디딤돌로 삼아, 운명을 역전시키는 임계점 문구이다. 또한 일상생활에서도 잠들기 직전이나 부정적인 상황이나 어려운 일이 다가왔을 때마다, 마음 속으로 외치는 '그럼에도 불구하고, 오케이!'와 '그럼에도 불구하고, 예스!'는, 즐겁고 멋진 인생을 보장하는 '21세기 VIP 카드'이다.

〈3〉 긍정의 생각과 실천력

생각은 경험을 창조한다. 생각하지 않은 일은 결코 행동으로 연결되지 않는다. 그러므로 어떤 일을 할 때에는, 그 일에 대한 생각으로부터 시작되고, 목표와 계획을 정하고 실천으로 완성된다. 급변하는 21세기 위기와 기회의 시대에는 직관과 통찰력을 갖추고 미리 그에 대비하여 변화하고 적응하는 것이 관건이다. 그러한 플러스 정보 수집 능력과 변화와 적응력도 생각으로부터 시작된다. 그리고 우리의 삶에서 일어나는 모든 일은 자신의 선택과 결정 그리고 실천으로 이루어진다. 선택과 결정의 우선순위와 실천의 방향성을 자신의 꿈과 목표에 맞추어 미리 원투스리로 정해 두는 것이 필요하다.

그리고 오늘 하루의 행위가 운명과 미래에 가장 큰 영향을 미친다. 그러므로 오늘 하루도 어떻게 좋은 습관과 인품을 발전시키며 살아갈지, 미리 생각과 실천의 기본원칙을 정해 두고, 그 방향으로 가야 성공적인 하루하루를 보낼 가능성이 높다. 물론 생각 자체를 바꾸는 것은 쉽지 않지만 생각과 실천의 방향성을 미리 원투스리

나를 변화시키는 습관의 황금키

로 정하고 살아가는 것은, 꿈과 목표를 이루는 데 효율적이고 그 질주 속도를 높일 수 있을 것이다. 21세기 다가올 건강과 행복의 위기와 절벽의 시대를 극복하기 위해서는, 성공에 더불어 건강과 행복도 꿈과 목표로 동시에 추구해야 한다. 건강과 행복도 내가 현재 건강하고 행복하다는 믿음과 자신감에 의해 결정되는 것이다.

'나는 운이 좋고, 할 수 있고, 될 수 있다'라는 자기 긍정의 확언을 반복함으로써, 실제로 가능성과 운을 끌어당길 수 있다. 생각을 움직일 때 그 안에 감정과 느낌을 싣는 훈련을 한다면 긍정의 끌어당김의 에너지는 훨씬 더 강력해진다. 즉 행복과 건강도 성공 이미지처럼, 현재 행복과 건강의 좋은 감정을 떠올리고 느끼고 있을 때, 실제로 바라는 좋은 현실이 끌어당겨진다. 즉 행복과 건강도 현재 자신의 현명한 선택과 결정이 중요한 영향을 미친다. '두드려라, 그리고 믿고 실천하라'가 긍정의 끌어당김 법칙의 성공 조건이다. 그리고 긍정의 에너지는 생각, 감정, 인품 등으로 구성되어 있다. 자신이 생각으로 그 가능성을 믿고 있지 않은 일은, 내 삶에서 결코 일어나지 않는다.

성공도, 우선 목표를 세우고 그 목표가 이루어진 미래의 성공 이미지를 생각 속에 떠올리며 실천할 때 가능성이 높아진다. 그리고 그 꿈이 이루어질 것을 처음부터 믿고 행동하는 성공한 사장 마인드가 성공의 높이와 질을 결정하게 된다. 즉 21세기 최상위 성공의 실천 공식은 첫째 꿈과 목표를 세우고, 둘째 미래의 성공이미지를 상상 속에 그리며, 셋째 현재 마치 자신이 성공으로 가는 과정을 밟고 있다는 성공한 사장 마인드로 살아가는 것이다. 이러한 훌륭한 생각과 믿음으로 기쁘고 즐겁게 살아간다면, 성공적인 삶과 더불어 건강과 행복도 함께하게 될 것이다.

상위 5% 성공의 문을 통과하는 정보와 변화

〈1〉 그 시대의 플러스 공식과 비법

1) 20세기 이전

18세기 1차 산업혁명 이전에는 신분과 계급 등 특정한 방식으로 작용했던 시대도 있었다. 하지만 어느 시대이건 그 시대만의 플러스 비법과 공식은 존재했다. 그리고 그것을 알고 직접 삶에 대입하고 발전시킨 성공하는 최상위 5%가 존재했다. 그 플러스 공식과 비법은 시간이 흐르면서 추가되거나 수정되어 왔고, 일부 공식은 그 시대에만 통하다가 삭제되었다. 그 삶의 진리는 역사와 교훈, 성인과 위인, 영웅과 전설, 명언과 속담, 좌우명과 확언 등 다양한 방식으로 전해져 내려오고 있다. 그리고 과거와 현재 그리고 미래의 어느 시대이건, 분야별 최상위 5% 이상의 성공 가능성의 문을 통과한다면, 꿈과 목표를 이루고 성공과 행복을 누리며 살아갈 수 있다.

2) 20세기

20세기 최대의 발견은 인간의 내면을 발전시킴으로써 자신의 운명과 미래를 바꿀 수 있다는 것을 발견한 것이라 한다. 20세기 후반부에 컴퓨터와 인터넷의 발달로 그동안 성공한 최상위 5%들만의 비법 정보들이 공개되기 시작하였다. 모든 시대에 통용되는 성공과 행복의 공식과 비법을 삶의 진리와 자연과 우주의 법칙이라는 이름으로 서서히 정리되고 알려지기 시작하였다. '뿌린 대로 거둔다', '생각하고 말하는 대로 인생이 흘러간다', '공짜는 없다' 등 긍정의 힘과 끌어당김의 시대로 진입하게 되었다. 운명과 미래에 영향을 미치는 생각과 인품 등 긍정의 힘과 습관의 중요성에 대한 연구가 활발하게 진행되고 있다.

3) 21, 22세기

누구에게나 위기와 기회가 동시에 열려 있는 21세기 정보화 시대에는, 과거와는 달리 특급 정보(비법과 공식)가 모두에게 공개되어 있다. 그래서 필연적으로 자기계발에 의한 정보의 바다에서 지혜로운 선택과 결정 그리고 실천력과 자기관리 등이 중요한 변수로 등장한다. 삶의 모든 것을 끌어당기는 에너지인 긍정의 힘에는 '생각, 감정, 성격, 인품…' 등이 들어 있다. 좋은 습관에는 '필수 습관, 베스트 습관, 황금키 습관'이 특히 중요하다. '21세기 플러스 공식과 비법'에는 그동안의 읽은 책과 경험 등 모든 것을 종합하여, 삶의 진리와 자연과 우주의 법칙 그리고 영웅과 전설들의 연관성과 공통점을 우선순위로 분류하여, '21가지 플러스 공식과 비법'으로 정리해 보았다.

특히 4차, 5차 산업혁명의 건강과 행복 그리고 고용의 위기를 극복하고, 글로벌 기회를 잡을 수 있는 명품 정보들을 우선적으로 고려했다. 그래서 '마법의 삶과 기적의 치유'를 이루거나 깨우친 영웅과 전설들의 가르침과 장점에서, 21세기 건강과 행복의 상위 20% 안전선과 최상위 5%의 성공 가능성의 문을 통과하는 비법과 공식을 찾고자 했다. 21세기 건강과 행복의 방식과 성공의 공식은 너무 급속도로 변화하고 있어 스스로 찾고 준비하기가 너무도 어려워지고 있다. 22세기에는 상상 이상으로 더욱 심해질 것이다. 그래서 성공과 행복 그리고 건강의 새로운 길을 알려 주고 이끌어 주는 책과 강연 그리고 21, 22세기 명품 멘토를 만나는 행운의 필요성이 점점 더 높아지는 시대가 될 것이다.

나를 변화시키는 **습관의 황금키**

〈2〉 20, 21세기 꿈과 목표를 이루는 필수조건

1) 용 기

급격한 변화의 시대, 적응과 발전을 위해서는 자신을 플러스·마이너스로 바꾸기 위한 시도와 도전을 해야 한다. 그러려면 자신과의 승부를 통해 자신을 '어제보다 나은 오늘의 나'로 변화를 시도해야 한다. 지금보다 더 나은 삶을 원한다면, 현재와 시간, 사람, 즐거움, 사랑, 실천 등 삶의 우선순위를 바꾸는 변화의 용기가 필요하다. 다른 사람들보다 '앞서거나 다른 플러스 5%'로 만들기 위한 도전의 용기가 필요하다.

2) 지 혜

21세기는 정보의 홍수 시대이다. 새로운 것을 제대로 받아들이고 발전하기 위해서는, 직관과 통찰력 그리고 창조력이 필요하다. 수많은 정보를 다 받아들일 수는 없다. 그러므로 자신의 현 상황과 우선순위에 따른 현명한 선택과 삶에 대입하는 실천력 등 지혜로움이 필요한 시대이다. 삶에 대한 각종 계획과 그 시대의 플러스 비법과 공식 등을 미리 학습하고 준비하는 지혜가 성공의 핵심 조건이다. 또한 내가 먼저 생각과 행동, 습관과 인품, 변화와 발전 등 한계의 벽 돌파와 성공의 임계점을 통과하려는 훌륭한 삶의 자세와 지혜가 필요하다. 21세기 지혜로운 삶의 길이란, '나는 왜? 무엇을, 얼마나, 어떻게, 무엇을 위해…' 등에 대한 질문과 해답을, 항상 구하고 찾으며 살아가는 좋은 습관의 사람들이 걷는 빛과 향기의 길이다.

3) 덕

경쟁의 시대에는 스트레스가 많아질 수밖에 없고, 점점 더 심해질 것이다. 그러다 보면 질병의 시대를 이겨 내기 힘들게 될 것이다. 그러므로 성공적인 대인관계와 스트레스를 이겨 낼 수 있는 좋은 성격과 인품을 기르는 것이 21세기 건강과 행복을 지키는 필수 조건이다. 내가 먼저 습관과 인품을 바꾸면, 그 변화된 만큼의 운명과 미래를 바꾸는 사람과 상황들이, 내게로 다가오기 시작한다. '마법의 삶과 기적의 치유'를 이루는 특급 조건인 '21세기 덕'은, 항상 매사에 감사하는 '기쁜 마음'과 모두가 잘되기를 바라는 '좋은 감정'으로, '함께하는 우리'의 길을 만들어 가는 훌륭한 사람이다.

〈3〉 21, 22세기 꿈과 목표를 이루는 '명품프로의 조건'

1) 21 명품 실력

직업과 일에서의 성공 프로가 되어야 한다. 그러려면 글로벌 경쟁시대에 다르거나 앞선 실력과 재능을 갖추어야 한다. 21세기 성공 프로란, 꿈과 목표를 세우고 그에 따른 정보 수집 능력과 뛰어난 실천력으로, 항상 배우고 익혀 자신의 가치를 높여 나가는 사람들이다. 자신의 분야에서 전문가 즉 최상위 5% 성공 프로가 된 사람들을 '21 명품 실력'의 자격증을 갖추었다고 할 수 있다. 또한 4차, 5차 산업혁명이 진행되어 경쟁률이 높아지고, 건강과 행복의 위기와 절벽의 시대가 깊어질수록, '21 명품 실력'으로 추가될 성공과 행복의 최우선 순위는 '건강과 체력'이다. 점차 '건강과 체력'은 자신과 후손 그리고 가문의 생존과 번영의 핵심 키로 등록될 것이다.

2) 21 명품 매력

21세기는 소비의 시대이자 고객 감동의 시대이다. 그러므로 성공과 행복의 조건으로 매력이 필요하다. '21 명품 매력'이란 실력과 더불어 좋은 습관과 높은 인격을 갖추는 것이다. 남들보다 앞서거나 다른 플러스 5%의 좋은 습관이나 좋은 인품을 얼마나 더 갖추었느냐가 명품 매력의 조건이다. 또한 경쟁시대에 첫인상과 각종 시험 통과에 필요한 개성적인 외모와 세련미 그리고 품격도 갖추어야 한다. 21세기 경쟁과 고객감동의 시대가 깊어질수록, 성공적인 대인관계와 긍정의 언어습관은 성공적이고 행복한 삶의 계단과 질을 결정하는 필수 키가 될 것이다. 세계적으로 명품이 인기를 끌고 있다. 이제는 사람에게서도 명품프로가 글로벌 경쟁력과 매력을 결정하는 시대로 진행되고 있다.

3) 21 명품 멘토

21세기에 성공적이고 행복한 삶을 이루려면, 시대적 변화와 흐름에 대한 직관과 통찰력마저 요구되고 있는 시대이다. 과거에는 삶의 진리와 자연과 우주의 법칙을 깨달은 사람을 도인이라 불렀다. 하지만 지금은 손안에 있는 휴대폰에 모든 정보가 들어 있는 시대이다. 아무리 뛰어난 사람도 인터넷 정보보다 뛰어날 수 없다. 그나마 20세기 발전의 시대는 10년이면 강산이 변한다는 말처럼, 어느 정도 준비가 가능했다. 하지만 21세기가 진행될수록 일부 분야에서는 발전 속도가 상상을 뛰어넘어, 불과 1~3년 사이에도 차원이 다른 업그레이드나 심지어는 완전히 새로운 모델로 대체되고 있다. 그래서 변화에 대한 예측이 더욱 어려워지고, 그에 대한 준비와 대비가 점점 더 불가능해져 가고 있다.

그래서 21세기 건강과 행복의 상위 20% 안전선과 최상위 5%의 성공 가능성의 문을 통과하는 비법과 공식을 안내하는 멘토의 필요성이 증가할 것이다. '21 명품 멘토'란 건강과 행복의 안전선을 넘고, 자신의 분야에서 전문가나 성공 프로를 이룬 후, 21세기 성공과 행복 그리고 건강의 플러스 공식과 비법을 안내하는 사랑배달부를 말한다. 즉 나 자신과 가족과 직업에서의 성공과 행복 그리고 건강을 지키고, 더 나아가 이웃 그리고 국가와 인류를 위한 보탬이 되는 사람을, '21 명품 멘토'라 칭한다. 점차 개인이나 국가 모두에게 '명품 멘토'의 중요성이 강조되는 시대로 빠르게 진입하고 있다.

자신의 타고난 잠재 능력을 최대로 발휘하여 꿈과 목표를 이루고, 그 업적과 걸어온 길을 봉사와 나눔으로 살아가는 삶이 가장 훌륭한 삶의 길이다. '나는 할 수 있다, 나는 무엇이든 될 수 있고 이룰 수 있다.' 긍정의 확언으로 새로운 가능성의 문이 열리는 매일 아침의 눈을 뜨자. '나는 오늘, 나에게 묻는다. 지나고 나면 아쉬울, 한 번뿐인 인생길에서, 그 얼마나 사랑하고 감사할 일들을 만들고 나누며 살아가고 있는가?'

4,5차 산업혁명시대의
최상위 경쟁력

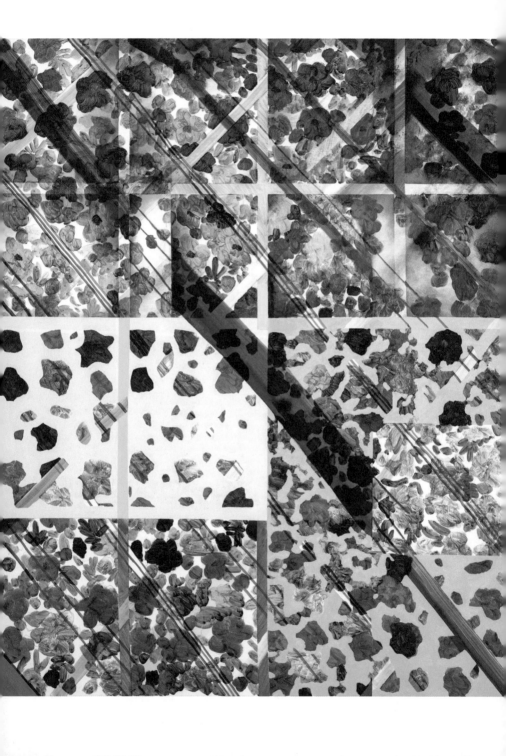

긍정의 언어습관

　말하고 생각하는 대로 인생이 흘러간다. 즉 말은 우리의 건강과 행복 그리고 성공을 결정하는 핵심 키이다. 우리의 말은 생각이 그대로 반영되고 표현된 것이고, 행동의 출발점이다. 즉, 말하는 대로 생각하고 행동을 하게 된다. 그래서 말은 그 사람의 생각과 행동 즉 습관을 만들어 내는 강력한 에너지인 것이다. 말은 자신의 입을 통해 나오지만, 그 후로는 오히려 자신의 삶을 이끌어 간다. 학창시절에 가정이나 학교에서 긍정의 언어습관과 성공적인 대인관계는 반드시 배우고 길러야 할 중요한 습관이다. 긍정의 언어습관을 자신의 훌륭한 재능으로 습득하게 되면, 내 운명을 변화시키는 황금키를 소유하는 것이다. 그리고 상대와 대화 시에 상대의 성공과 행복의 높이와 질을 짐작하거나 통찰할 수 있게 된다. 인도의 간디는 '영원히 살 것처럼 배우고, 내일 떠날 것처럼 살아라'라는 명언을 남겼다. 21세기 위기와 경쟁의 시대에서 4차 5차 산업혁명이 진행될수록, 정보와 배움은 발전과 풍요의 삶을 이루는 필수요소가 될 것이다.

사람은 누구나 학습의 학교를 지나, 결혼과 직업이라는 경험의 학교에 입학한다. 그리고 결혼과 직업인으로의 출발 후 첫 3개월과 1년 동안의 초기 적응 과정이, 거의 일생의 행복과 성공의 높이와 질을 결정한다. 첫출발 전의 철저한 준비 상태와 정도에 의해 미리 도착 지점과 승패가 정해진다. 그런데도 대다수의 사람들은 아무런 준비도 없이 무작정 시작하거나, '그냥, 시작부터 잘 하면 되겠지?'라는 막연한 생각으로 출발을 한다. 21세기에 건강과 행복의 위기와 절벽의 시대로 진행될수록, 상위 20% 안전선이나 최상위 5%의 성공 가능성의 문을 통과하는 길을 안내해 줄 멘토의 필요성이 증가할 것이다. 누구나 꿈꾸고 바라는 최상위 행복 가정과 성공 프로의 출발 전 준비물로는, '성공과 행복 그리고 성공과 행운의 플랫폼 정보'와 '21세기 플러스 공식과 비법'(나를 사랑하는 법, 긍정의 언어습관, 성공적인 대인관계, 내 인생의 3대 실천 계획표…) 등이 있다. '행운의 여신은 항상 준비된 사람에게 미소 짓는다.'

나를 변화시키는 습관의 황금키

긍정의 언어습관 분석과 구성

⟨1⟩ 긍정의 단어

평소 사용하는 말 속에 긍정의 단어와 부정의 단어의 사용 비율이 중요하다. 긍정(사랑, 감사, 존중, 칭찬, 용서, 기쁨, 믿음…)의 단어인가 부정(분노, 비난, 불평불만, 비교, 심판, 짜증, 근심걱정, 두려움, 게으름…)의 단어인가에 조금만 신경 쓴다면 우리의 생활중심을 쉽게 긍정적으로 바로잡을 수 있다. 많은 연구 결과에 의하면, 일상에서 사용하는 긍정과 부정의 언어습관과 작성하는 글과 말 속에 표현되는 긍정과 부정의 단어 수와 비율에 비례해서, 성공과 행복 그리고 건강 등 삶의 높이와 질이 결정된다고 한다. 내가 평소에 아무 생각 없이 사용하고 있는 말 속의 긍정과 부정의 단어 비율이, 내 건강과 행복 그리고 성공의 현주소란 것을 제대로 인식해야 한다. 그래야 자신의 운명과 미래를 위해 현재의 언어습관을 점검하고 개선하려는 시도와 변화가 시작된다. 그리고 현재 사용하는 언어의 품격과 감동의 레벨이 그에 걸맞은 운명과 미래를 끌어당기고 있다. 이처럼 평소에 아무런 생각 없이 사용하고 있는 말에는 그 사람의 운명과 미래를 끌어당기는 흡입력과 예언력이 들어 있다.

지금 이 순간 사용하는 말과 언어를 바꾸는 것은, 자신의 운명과 미래를 새롭게 전환시키는 가장 쉽고도 빠른 길이다. 만일 지금보다 더 나은 발전된 삶을 원한다면, 현재 일상생활에서 말과 언어 습관을 바꾸어 나가면 된다. 첫째 우선 몇 %의 플러스 인생이 목표인가를 정하고, 일상생활에서 그 비율의 한도를 넘지 않는 '긍정과 부정의 단어 선택과 사용'에 관심을 가져야 한다. 상위 20%가 목표라면 긍정을 80% 이상으로 늘리거나 부정을 20% 이하로 줄이면 된다. 만일 상위 5%가 목표라면 부정을 5% 이하로 조정하면 된다.

둘째 향기롭고 빛나는 인생을 원한다면, 그에 걸맞은 '아름다운, 멋진, 따뜻한, 격려, 보람, 상냥, 친절, 봉사, 나눔…' 등의 '향기롭고 빛나는 품격의 언어'들을 더 많이 사용해야 한다. 이러한 작지만 큰 변화와 도전을 실천한다면, 자신의 삶의 향기와 질을 스스로 개선해 나가는 쉽고도 좋은 출발점이 될 것이다.

셋째 최상급 성공과 행복을 원한다면 '훌륭한, 위대한, 경이로운, 대단한, 특별한, 영웅, 전설…' 등 '최상위 레벨의 칭찬과 감동의 언어'로 말하고 표현하는 습관이, 그 가능성을 높일 것이다. 최상급 칭찬과 감동의 능력에 의해 개인과 국가의 영웅과 전설이 탄생할 가능성이 존재한다. 즉 이러한 최상급 언어를 사용하기 시작한다면, 자신의 운명과 미래를 극복하고 뛰어넘는 특별한 터닝 포인트가 될 것이다. 또한 영웅과 전설을 탄생시키는 사회와 국가의 출발점이다.

　나와 다른 사람들의 언어습관을 잘 들여다보면, 그 사람의 건강과 행복 그리고 성공의 높이와 질을 어느 정도 엿볼 수 있다. 하루의 일상생활을 통해 언어습관을 갈고 닦는 반복 연습과 훈련이 거듭되어 실력이 늘어 갈수록, 나와 상대의 과거와 현재 그리고 미래의 삶에 대한 직관과 통찰력이, 놀라운 속도로 발전하고 있는 자신을 보게 될 것이다. 긍정의 언어습관을 성공적으로 실천하려면, 상대와 세상의 장점과 좋은 면을 보고 칭찬하는 훌륭한 생활습관이 필요하다. 감동의 능력을 높이기 위해서는, 책, 음악, 미술, 여행, 운동, 시, 공연, 명상 등을 통해 감성을 키워야 한다, 그리고 매일 밤 잠들기 직전에, 오늘 하루 일상에서 사용한 긍정과 부정의 단어, 품격의 언어, 감동의 표현 등을 점검해 보고, 매일 아침 시작부터 자신이 원하는 플러스 인생의 목표에 맞추어 긍정과 품격 그리고 감동의 언어 사용을 높여 나가야 한다.

　이러한 발전된 내 삶의 모습은, 점차 가족이나 주변 사람에게로 전염되어 나가, 모두에게 동반 상승효과가 발생한다. 항상 나를 먼저 바꾸는 것이, 내 삶과 주변을 바꾸는 가장 빠른 지름길이다. 오늘 이 순간 어떠한 선택과 결정으로 살아가느냐에 따라, 시시각각으로 내 운명과 미래가 변화하고 있다.

〈2〉 긍정의 문장

일상의 말과 문장 등 언어 습관에는 그 사람의 습관과 인품이 들어 있고, 점차 자신의 운명과 미래가 되어 간다. 상위 20%의 삶을 원한다면 부정의 단어와 마찬가지로 부정문 화법도 20%를 넘지 않게 가능한 안전선인 10% 이내로 사용하려는 노력과 지혜가 요구된다. 그래서 근심과 걱정, 비난과 불평, 두려움과 분노 등 부정의 의미가 담긴 말과 문장을 주로 사용하는 것이 아니라, 가급적이면 감사와 칭찬, 축하와 격려, 기쁨과 용서 등 긍정의 의미를 내포하는 일상의 언어습관이 필요하다. 긍정의 끌어당김의 법칙에 의해 '긍정+긍정문'으로 표현하는 연습과 실천이, 좋은 상황과 결과를 끌어당긴다.

예를 들어 '지각하지 마라'보다는 '일찍 출근해라'가, '나쁜 생각하지 마라'보다는 '좋은 생각 해라', 그리고 '자주 아프지 마라'보다는 '항상 건강해라', '차 조심해라'보다 '안전하게 다녀라' 등 부정의 단어와 부정문으로 표현하는 언어습관보다는 긍정의 단어 사용과 긍정의 표현 화법이 필요하다. 평소에 자주 사용하고 있는 말은, 하늘에 그대로 이루어지게 해 달라고 간절히 드리고 있는 기도라고 한다. 그리고 하늘과 잠재 뇌는 예스만 있다고 한다. 즉 하늘과 잠재 뇌에 '지각+부정문', '질병+부정문' 등 '부정+부정문'으로 입력

되면, 결국 알게 모르게 '부정의 끌어당김 주문'을 하는 것이다. 그러므로 평소에 만약이라도 그대로 이루어지면 안 되는, 부정적인 말을 삼가도록 주의해야 한다. 이 원리는 자연과 우주의 소통 법칙이기에 기도의 법칙에도 적용이 된다.

그리고 상대가 잘되기를 바란다는 사랑이라는 이름으로 반복적으로 계속하고 있는, 비교와 비난 그리고 지적과 근심걱정 등의 부정적인 말도 주의해야 한다. 그것은 상대에게 '당신은 그런 부족한 사람입니다'라는 '부정의 빨간 명찰'을 달아 주는 일이기 때문이다. 또한 주변에 삶이나 세상을 부정적으로 바라보는 '부정의 신호등'을 상시 켜 두는 일이다. 원래의 의도와는 반대로, 자존감과 자신감 상실 그리고 각종 부정적인 한계의 벽들을 만들어 주게된다. 그 결과 건강과 행복으로부터 점점 멀어지게 된다. 실제로도 25세경 완성된 성인의 뇌세포 140억여 개는 근심걱정, 두려움, 분노 등으로 수천에서 수십만 개씩 퇴화가 진행되어, 각종 신경성 질병과 노화를 촉진시킨다. 또한 스트레스의 증가로, 염증과 암 등 질병 발생의 주요원인 물질인 활성산소의 발생률이 급격히 늘고, 면역력이 줄어든다.

그런데 상대에게 하는 부정적인 생각과 말은, 상대의 삶에 20~30% 그리고 내게는 70~80% 부정적인 영향을 미치게 된다. 자주 말을 듣는 사람은, 그 일이 크게 잘못되지 않았다는 가벼운 생각으로 하는 것이고, 계속 말하는 사람은 항상 그 부정적인 생각으로 살아가기 때문이다. 언제든 부정은 항상 10% 이내로 줄이려는 노력이, 자신과 상대의 좋은 미래를 위해 필요하다. 그 반대로 상대의 좋은 점이나 장점을 찾아 칭찬, 기대, 믿음 등 긍정의 말을 전한다면, 그의 미래에 아름다운 '긍정의 날개'를 달아 주는 것이다. 그 일은 서로에게 플러스로 작용하여, 자신과 상대에게 건강하고 행복한 삶을 끌어당기게 될 것이다. 칭찬을 늘려 장점을 키워 나가고, 단점을 있는 그대로 받아들이고 존중하여 단점을 줄이는 공식이, 가장 지혜롭고 훌륭한 삶이다. 또한 부정적인 이야기를 주로 하는 모임보다는 성공과 축하의 자리에 참석해야 한다. 듣거나 들리는 것도 직접 말하는 것과 같은 효과가 있기 때문이다. 즉, 잠재 뇌는 남이 없기에, 세상이나 상대에게 하거나 듣는 말 모두가, 나 자신에게 직접 하는 말과 같은 효력이 발생한다.

긍정의 문장과 언어 습관만이 아니라 꿈과 목표, 좌우명, 실천 계획 등을 작성할 때도 중요한 역할을 한다. '살빼기 다이어트 프로그램', '게으름 줄이기 실천 계획표' 등 부정의 문장으로 이루어진 제목이나 표어가 많다. 그럴 경우에 '건강한 매력 갖추기 프로그램', '실천력 높이기 명품 계획표' 등 긍정의 문장을 추가하면, 성공 가능성이 높아진다. 상황에 따라 긍정적인 문구를 주제나 부제로 함께 사용하여 부정성을 줄여 주는 것도 지혜로운 방법이다.

나를 변화시키는 습관의 황금키

특별한 주의 등 충격요법이 필요한 일부의 경우를 제외하고는, 부정 줄이기보다 긍정 늘리기로 접근하는 것이 실천력과 성공률이 높아진다.

특히 사람들이 가장 실천하기 어려워하는 것은 금연과 금주 그리고 다이어트 등이다. 이때도 주변에서 부정적인 말이나 지적보다, '아빠의 건강은, 우리 가족의 안전입니다', '아빠의 건강은, 우리 가정의 가장 큰 희망(행복)!', '내 매력적인 건강 다이어트는, 우리 가정 모두의 행복(바램)!'이라는 '긍정의 우회 공식'을 적용하면, 동기부여와 실천력이 높아진다. 이러한 긍정의 우회 공식을, 현재 판매되고 있는 담뱃갑에 사용하면, 좋은 결과를 가져올 수 있을 것이다. 또는 상대를 변화시키는 칭찬법이나 고객 감동의 대화법 등에 적절히 활용한다면, 놀라운 효과를 거둘 수 있다.

이러한 특별한 성공 공식은 사랑, 감사, 믿음 등 긍정의 힘에 의해 좋은 일과 상황이 끌어당겨지는 잠재 뇌와 습관의 원리와 특성 때문이다. 삶의 진리를 깨달은 부처님도 '부정은 부정으로 고쳐지지 않는다, 오로지 사랑(긍정)으로 해결될 뿐이다'라고 하셨다. 항상 칭찬과 격려 그리고 믿음과 기대가, 나와 상대를 변하게 하는 최선의 공식이자 삶의 지혜이다. 그리고 내가 먼저 더 좋은 습관과 인품을 길러, 멋진 사람이 되는 길이, 나와 주변 그리고 세상을 바꾸는 지름길이다.

〈3〉 제2의 언어

 성공적인 언어 습관은 말로만 하는 것이 아니다. 미소, 얼굴 표
정, 목소리, 자세, 태도, 외모와 품격, 친절과 겸손과 배려 등 제2의
언어도 중요하다. 이는 성공과 행복의 높이와 질을 결정하는 대인
관계의 성패를 결정하는 필수 요소들이다. 첫 만남의 성공 여부는
미소, 외모, 세련, 태도 등 시각적인 면과, 청각적으로 상냥하고 친
절한 목소리에 의해 80% 이상 결정되고, 말의 내용은 20% 이하로
영향을 미친다고 한다. 21세기 4,5차 산업혁명이 진행될수록 긍정
의 언어습관과 고객감동과 대인관계 그리고 체력과 건강의 중요
성은 점점 더 높아 갈 것이다. 로봇과의 공존으로 인한 현재의 직
업의 반 이상이 줄거나 다른 형태로 변하는 고용위기와 고용절벽
의 시대로 진입하기 때문이다. 성공과 실패는 실력 20~30%와 대
인관계 70~80%로 결정된다고 한다. 누구나 노력하고 준비하면 무
엇이든 잘할 수 있고, 점차 실력이 늘어 간다. 하지만 반복 연습과
훈련 없이 이루어지는 것은 거의 없다. 노력한다고 모두 성공하는
것은 아니지만, 성공한 사람은 모두 노력한 사람이었다.
 첫째는 부드럽고 친절한 목소리와 말투 그리고 밝은 미소와 품
격 있는 태도는 좋은 인상을 결정한다. 부드럽고 높고 낮은 목소
리와 매력적인 밝은 미소에는, 지문과도 같이, 그 사람만의 특별

한 성품과 인품 등 개성이 들어 있다. 나만의 명품 매력을 키워 꿈과 목표를 이루기를 바란다면, 우선 어느 정도 수준으로 자신을 개발하고 발전시킬 것인가를 결정해야 한다. 그리고 평소 일상에서 상냥하고 부드럽게 인사하고 말하는 반복 연습을 통해 발전시켜 나갈 수 있다. 말의 속도와 세기 그리고 말투와 리듬까지 훈련한다면, 언어의 품격과 세련미가 차원 높게 증진될 것이다. 오늘 이 순간 자신의 삶을 진지하게 들여다보자. 과연, 나는 지금까지 단 한 사람일지라도, 누군가의 가슴속에 영원히 기억될 만큼, 친절한 사람인 적은 있는가? 이번 생에 내 상냥하고 부드러운 목소리는, 어디까지 계발하고 그 가능성의 끝은 어디인가에 도전은 해 봤는가? 결국 건강과 행복 그리고 성공은 미리 준비된 사람에게 찾아오는 행운의 선물이다. 하늘은 스스로 돕는 자를 돕는다.

둘째는 매력적인 외모와 세련미를 갖추어야 한다. 흔히 사람을 외모로 평가하지 말라는 조언을 많이 들어 왔을 것이다. 그 말은 외모로 평가하는 사람들이 많다는 뜻이기도 하다. 그러니 평소에 매력적인 외모와 세련된 품격을 준비해 두라는 역설적인 의미를 담고 있다. 특히 시대를 떠나 매력이 중요 평가 포인트인 여성인 경우는, 아름다운 외모와 세련된 품격 등 매력을 갖추는 것이 훨씬 유리하다. 화장, 미용, 패션 등에서 자신만의 개성을 살리고 전문가의 조언을 적절히 참고한다면, 외모와 세련미도 변신에 가까울 정도로 발전할 수 있다. 21세기 경쟁과 고객 감동의 시대에선 남녀노소 없이 명품 매력을 갖추는 것이 성공과 행복의 필수 조건이 되고 있다. 자신의 매력을 돋보이게 하는 것은 자존감과 자신감을 높여 주고, 일상의 삶에 활력을 불어넣어 준다. 그리고 지구의 한쪽을 아름답게 장식하는 멋진 일이기도 하다. 중년이 넘어 나이가 들어 가도, 자신의 매력을 지속적으로 가꿔 나가는 것은, 식지 않는 사랑과 행복을 지키는 중요한 일이자, 품격 있는 사회를 위해 공헌하는 일이다. 좋은 습관과 인품 그리고 매력적인 외모와 세련미 등 준비된 명품 매력은, 위기와 기회의 고용절벽의 시대에서 상위 20% 안전선을 통과하는 자격증이 될 것이다.

셋째는 앞서거나 다른 좋은 습관과 인품이다. 우선 '감사, 웃음, 칭찬, 인사, 친절…' 등에서 앞서고, 그에 더해 매사에 감사하는 기쁜 마음과 모두가 잘되기를 바라는 좋은 감정과 인품을 갖추어 나가야 한다. 대다수 사람들은 자신의 타고난 잠재 능력의 십분의 일도 사용하지 않고 그 자리에 멈춘다고 한다. 더 친절하고, 감사하고, 칭찬함으로써 자신의 삶의 계단과 질을 얼마든지 더 높일 수 있는데도, 스스로 그것이 자신의 한계라 생각한다. 그리고 안타깝게도 더 발전하려는 도전을 포기하고 제자리에 멈춘다. 누구나 '마법의 삶과 기적의 치유'를 이룰 영웅적 소질과 자질을 가지고 있고 이를 깨울 수 있지만, 자신에게 그런 훌륭한 능력이 있다

나를 변화시키는 습관의 황금키

는 생각과 믿음이 부족해 기회를 놓친다.

자신의 타고난 잠재 능력을 최대로 발휘하여 꿈과 목표를 이루고, 그 업적과 걸어온 길을 봉사와 나눔으로 살아가는 삶이 가장 훌륭한 삶의 길이다. '나는 할 수 있다, 나는 무엇이든 될 수 있고 이룰 수 있다.' 긍정의 확언으로 새로운 가능성의 문이 열리는 매일 아침의 눈을 뜨자. '나는 오늘, 나에게 묻는다. 지나고 나면 아쉬울, 한 번뿐인 인생길에서, 그 얼마나 사랑하고 감사할 일들을 만들고 나누며 살아가고 있는가?'

긍정의 언어습관 일상생활 실천법

〈1〉 긍정의 주파수

어떤 사람이나 사물 그리고 상황을 대했을 때, 반사적으로 첫 번째 떠오르는 생각이나 표현하는 말은, 잠재 뇌의 긍정 또는 부정의 주파수를 결정하게 된다. 만일 부정의 주파수를 타게 된다면 그 후로 전개되는 모든 일은 점점 더 어려워질 것이고, 좋은 결론에 도달할 수 없게 된다. 무슨 일이든 첫 단추를 잘 채우는 것은 중요한 일이다. 그래서 '시작이 반'이라고 한다. 일단 사람이나 상황에 대한 부정적인 첫인상이나 편견을 갖게 되면, 그 후로는 습관적으로 부정의 주파수를 선택하게 되니 주의해야 한다. 우리의 삶에서 무슨 일이든 첫 시작의 중요성은 아무리 강조해도 지나치는 법이 없다. 누구에게나 첫 만남, 첫사랑, 첫 결혼, 첫 직업 등 첫 만남과 출발의 마음은 항상 설렘으로 다가올 것이다. 말과 언어습관도 첫 시작이 반이다. 습관적으로 긍정의 주파수를 선택하게 하려면, 누구나 자기계발 훈련이 필요하다. 처음부터 잘하는 사람은 없다. 지속적인 연습과 반복 훈련을 통해 습관이 되고, 습관이 성장하여 실력으로 발전한다.

첫째 항상 긍정의 첫 주파수를 선택하려면, 우선 '있는 그대로 받아들이고 존중'하는 습관과 인품을 길러야 한다. 누구에게나 좋거나 평이한 상황에서는 첫 긍정의 주파수 선택이 쉽게 가능하다. 하지만 자신의 생각이나 가치관 그리고 삶과 세상을 판단하는 기준 잣대와 다를 때에는 문제가 어려워진다. 그 해결책으로는 '틀림'과 '다름'을 인정하는 생활 철학이 필요하다. 누구나 어려서부터 살아온 생활방식과 경험 그리고 가치관이 다르다. 특히 남녀간에는 차이가 많으므로, 이해와 설명보다는 '다름'에 대한 인정과 배려가 더욱 필요하다. 나와 생각이나 행동 그리고 습관이 똑같은 사람은 지구상에 한 사람도 없다. 그러므로 다른 사람이 내 생각과 가치관에 따라 생각하고 행동하기를 바라거나 강요해서는 안

나를 변화시키는 습관의 황금키

된다. 내가 잘하고 쉬운 일이라도 상대에게는 어려울 수 있고, 상대에게는 간단한 일이 내게는 어렵고 힘든 일일 수도 있다. 내게 좋은 점이 더 많다면, 오히려 더 겸손하고 감사할 일이다. 그를 있는 그대로 존중하는 배려심이 건강과 행복의 시작점이다. 특히 나 자신과 가장 가까운 사람들에게 우선 적용하는 것이 '마법의 삶과 기적의 치유'의 출발점이다.

둘째 세상 모든 일에는 '감사와 교훈'이 들어 있다는 '긍정의 안경'이 필요하다. 평소에 '긍정의 안경'을 통해 세상을 바라보는 일상의 훈련이 필요하다. 끊임없는 자기계발을 통해 매사에 감사하려는 긍정의 마음을 키우고 발전시켜 나가야 한다. 감사하는 능력은 건강과 행복 그리고 성공과 행운을 끌어당기는 시동 키이다. 어렵고 힘든 일이 다가올수록, 이번 생에 자신의 한계를 넓히고 높이기 위한 좋은 기회 즉 교훈이 들어 있다고 받아들이는 지혜가 필요하다. 우리의 영혼은 자신이 발전하기 위해 부모와 국가를 선택한다고 한다. 그러므로 우리의 일생은 자신의 운명을 극복하고 발전시키기 위해 찾은 수련원이라 할 수 있다. 이렇게 생각의 방향과 선택을 미리 정하고 실천하는 것이 좋은 습관과 명품 인품으로 발전해 나간다. '공짜는 없다'는 삶의 진리와 교훈처럼 모든 일은 저절로 이루어지지 않는다. 삶의 모든 좋은 것들은 대부분 반복적인 훈련과 연습에 의해 만들어진다. 청소년기에 긍정의 힘을 기르는 최고의 공식이자 비법인 감사카드와 용서카드를 쓰는 것도 좋은 방법이다. 뛰어난 성공과 행복 뒤에는 언제나 남들이 모르는 숨어 있는 노력과 인내 그리고 공식과 비법이 들어 있다.

셋째 '그럼에도 불구하고, 긍정'과 그에 필요한 '특별한 마인드(초긍정의 안경)'는 길러 두어야 할 능력이다. 일상에서 좋은 일에서 긍정의 첫 문구를 선택하는 것은 쉽게 가능하지만, 자신이 좋아하지 않거나 싫은 사람이나 상황에서는 어려운 일이다. 그러므로 일상에서 마음에 들지 않는 사람이나 상황이 다가오면, 우선 마음속으로 '그럼에도 불구하고, 예스!' 또는 '그럼에도 불구하고, 오케이!'를 외치는 연습과 훈련을 해야 한다. 평소에 세상 모든 상황은 좋은 것과 나쁜 것이 아닌 '좋은 것과 특별한 것' 그리고 즐거운 일과 싫은 일이 아닌 '즐거운 일과 특별한 일'로 바라보는 '특별한 긍정 마인드(초긍정의 안경)'가 필요하다. 이때 특별한 것과 일에는 부정은 물론 내가 아직 알고 모르는 더 크고 좋은 일까지 포함된다. 하지만 '그럼에도 불구하고, 긍정'과 '특별한 마인드'는 상황과 정도에 따라 모든 곳에 언제든 적용되기는 어려우며, 각 개인에 따라 그 허용범위는 달라질 것이다. 하늘은 언제나 잠재력을 최대로 계발하여 발전과 풍요의 삶을 이루기를 바라며, 누구에게나 그 사람이 극복하지 못할 시련은 주지 않는다고 한다.

예를 들어 음식점에서 내 기대치에 많이 못 미치는 별로인 음식이 나왔을 때 '오늘 왜 이래?'라고 불평, 짜증을 내기보다는 '오늘은 내 입맛에 맞는 음식이 없어 적게 먹어 다이어트를 하게 되서 좋아!'라는 '그럼에도 불구하고, 긍정'의 전환 능력을 키우는 훈련의 기회를 놓치지 말아야 한다. 실제로도 자신의 목숨을 희생한 동식물 등에 대한 최소한의 예의일 것이다. 누구나 처음 시도하다 보면 수백, 수천 번의 실패를 겪겠지만, 실패는 성공의 어머니라고 했다. 하지만 건강과 행복에 해로운 스트레스가 쌓일 정도의 무리한 도전은 피해야 한다. 일상생활에서 '그럼에도 불구하고, 긍정'에 도전하고 실천하겠다는, 높은 목표를 설정하고 살아가는 어제보다 나은 오늘의 사람이 되어 보자. 이러한 훌륭한 노력과 실천은 건강과 행복이 함께하는 성공적인 삶에 이르는 지름길이다. 성공과 행복은 자신이 스스로 만들어 가는 것이다. 항상 깨어 있고 준비되어 있는 사람에게 바라는 좋은 것들이 미소 지으며 다가온다.

〈2〉 긍정의 마무리

세상 모든 일이 처음 시작하는 첫 마음과 마지막에 유종의 미를 거두는 것이 가장 중요하듯이, 언어습관도 마찬가지다. 긍정의 마무리는 중요한 필수습관이자 운명 역전의 최종 키이다. 우리의 충

실한 하인인 잠재 뇌의 특성과 작동 원리 덕분에 처음에 입력도 중요하지만, 마지막 단어나 문장으로 한 번 더 긍정의 방향으로 전환할 기회가 주어진다. 그래서 평소 일상생활에서 '할 수 있어', '잘 될 거야' 등 긍정의 믿음과 확신을 가지고 있어야 한다. 긍정의 믿음과 확신을 갖는 가장 효과적인 방법은 아침저녁으로 '어제보다 나은 오늘, 모든 것이 점점 더 좋아지고 있다', '나는 항상 운이 좋아, 모든 것이 다 잘 될 거야!', '나는 할 수 있다. 나는 무엇이든 될 수 있고, 이룰 수 있다' 등 긍정의 확언과 선언을 실천하는 좋은 습관을 갖추는 것이다. 긍정의 확언 습관은 점차 자기 확신과 자신감 그리고 동기부여로 작용된다.

모든 삶에서 시작과 끝은 항상 중요하다. 기대와 설렘으로 출발하는 첫 마음과 마지막의 유종의 미는 항상 중요한 성공의 법칙이다. 그렇지만 시작이 좋았어도 그 끝이 부정적이거나 비극으로 끝난다면 결코 행복하거나 성공적인 결말이라고는 할 수 없다. 사람은 누구나 살아가는 동안 수많은 시작과 끝, 만남과 헤어짐을 반복적으로 경험하게 된다. 시작은 반이고, 마무리는 지나온 전체를 평가하고 결정하는 잣대가 된다. 그러므로 항상 즐겁고 좋은 첫 시작과 더불어 유종의 미를 거두려는 훌륭한 습관을 가지도록 노력해야 한다.

첫 마음과 유종의 미를 동시에 떠올리는 생활 습관을 갖춘다면, 이번 생에 꿈꾸는 삶의 계단과 질을 누리게 될 것이다. 첫출발을 긍정으로 시작하는 것은, 행복과 성공의 100m 경주에서 미리 50m 앞에서 출발하는 것과 같다. 말과 언어습관의 긍정의 마무리 훈련과 연습은, 동시에 삶의 많은 부분에서 유종의 미를 거두는 생활습관으로 발전하게 될 것이다. 말하는 습관대로 삶이 흘러가기 때문이다. 부처님은 '오늘이 마지막이라면…'이라는 죽음 명상 즉 유종의 미 명상법을 가장 중요한 공부이자 숙제라고 강조하셨다. 그에 영향을 받은 스티브 잡스도 매일 아침마다, '오늘이 내 생에 마지막 날이라면 어떤 결정으로 살아갈까?' 하는 생각을 하며 하루를 시작했다고 한다.

이러한 유종의 미 생활 습관법을 행복과 성공을 얻는 법에도 적용하면 탁월한 효과가 있다. '한 달 후 이 직업을 은퇴하는 날이 다가왔다면, 나는 과연 오늘을 어떻게 살아갈까?', '언젠가 가장 소중했던 것들과 이별의 날이 왔을 때, 나는 과연 한 번뿐인 인생길에서 후회 없는 사랑과 감사 그리고 즐거움과 기쁨을 나누었는가?' 배우자와 직업과의 첫 만남의 설렘과 아쉬운 마지막 이별을 미리 연상하는 습관은, 조금은 덜 후회하고 즐거운 사랑과 감사의 삶을 살아가는 일이 될 것이다. 누구나 세상과의 첫 만남은 울면서 왔지만, 마지막 이별만은 웃음으로 맞이할 준비를 해야 한다.

〈3〉 중간 종합 평가

　일상생활에서의 "예"와 "아니요", '때문에'와 '덕분에' 등을 잘 관찰하면 스스로 자신에게 다가올 운명과 미래를 스스로 말하고 있다는 것을 알게 될 것이다. 그리고 나와 상대의 현재와 미래에 대한 직관과 통찰이 가능해진다. 또한 이러한 언어습관에 숙달되면, 자신의 발전과 풍요의 황금키를 스스로 가지게 될 것이다.

　1) '예'와 '아니요'

　'예' 소리의 유무와 태도, 친절과 강도 등을 보면 건강과 행복 그리고 성공의 기운과 정도를 엿볼 수 있다. '예' 소리는 삶의 모든 좋은 것을 끌어당기는 긍정 에너지의 레벨을 알려 주는 척도이기 때문이다. 만일 예를 들어 택시에 승차 후 목적지를 말했을 때 '예'라는 대답도 않고 운전한다면 또는 미장원에서 머리를 자르고 다듬을 때 원하는 머리 모양을 말했을 때 대답도 없이 자르거나, 또는 친절하지 않은 목소리와 말투로 대답한 경우에 어떠한 느낌이었는가? 건강하지 않은 사람은 '예' 소리에 기운이 없거나 짜증스러울 것이다. 밝은 미소와 함께하는 친절한 '예' 소리는 성공과 행복 그리고 건강의 전주곡이자 긍정의 에너지를 주고받으며 충전하는 최고의 비법이다.

‘아니요’ 즉 거절하거나 부정을 할 때의 태도와 방식 등은 그 사람의 성격과 인품을 예측할 수 있게 한다. 겸손과 배려의 ‘아니요’의 능력이야말로 ‘그럼에도 불구하고 긍정’의 수준과 긍정의 힘을 평가하는 기준점이 된다. 대인관계의 능력은 성공과 행복의 높이와 질을 결정한다. 그런데 세상에는 내가 좋아하는 사람이나 일은 20% 정도이고, 나머지는 관심이 없거나 싫어하는 80%의 사람과 일들이 있다 그러니 성공적인 대인관계의 성패를 결정하는 중요 요인은 나머지 80%와 어떠한 관계를 유지하느냐에 달려 있다. 그러므로 언어습관의 중간 평가인 ‘예와 아니요’는 대인관계의 핵심 파트로 작용된다.

2) ‘덕분에와 때문에’

　사용하는 단어나 문장에서 매사에 감사하고 좋은 것을 기억하는 ‘덕분에’의 의미가 강한지, 세상을 비난하고 상대를 탓하는 ‘때문에’의 내용이 많은지이다. 말의 내용을 들어 보면 건강과 행복 그리고 발전과 풍요의 삶을 결정하는 긍정성과 부정성에 대한 중간 평가가 가능해진다. 또한 삶에서 다가오는 각종 어려운 문제에 대한 해결 가능성도 미리 예측해 볼 수 있다. 그 사람의 말과 행동 속에는 일과 상황 그리고 세상을 받아들이고 처리하는 인풋과 아웃풋의 방식과 습관이 들어 있기 때문이다. 그 일정하게 반복되는 패턴은 그 사람의 가치관, 경험, 습관, 성격, 인품, 행동 등이 종합되어 만들어진 것이다. 최상급 존경과 감사의 의미를 포함하고 있는 '덕분에'에는 과거로부터 지금까지에서 좋은 것들과 감사할 일들을 기억하는 훌륭한 단어이다. 또한 미래에 대한 꿈과 목표가 이루어질 것이라는 강한 믿음과 동기부여를 제공하는 단어이기도 하다. '덕분에'는 행운의 여신을 끌어당기는 최상급 발전과 풍요의 언어이다.

'때문에'라고 상대나 상황과 환경 등 외적 조건을 탓하는 부정적인 습관은 반드시 극복해야 할 성공과 행복의 장애물이다. 우리의 잠재 뇌는 자신의 책임이라는 생각과 말이 입력되기 전에는, 어떠한 올바른 해결책도 찾으려 하지 않는다. 그러므로 만일 기적의 치유나 꿈과 목표를 향해 질주하는 마법의 삶을 이루고 싶다면, 남을 탓하는 '때문에'라는 생각과 단어의 사용을 조심해야 한다. '때문에'의 굴레에서 벗어나야 삶의 어려운 문제들이 하나둘 해결되기 시작할 것이다. 누구나 살아가다 보면 원치 않는 크고 작은 문제들에 부딪치게 된다. 그럴 때마다 지혜롭게 잘 해결하는 현명한 사람도 있고, 매번 부정적인 문제가 반복적으로 발생하거나 힘든 길을 선택하는 사람도 있다. 그 이유는 문제의 원인과 해결책을 먼저 자신 안에서 찾느냐, 아니면 항상 외부 탓으로 돌리느냐에 있다. 상대와 환경은 언제 바뀔지 모르지만, 내가 변화하고 바꾸는 것은 언제든 마음만 먹으면 가능한 일이다.

말의 점수와 성공의 조건 / 장점 가시와 단점 숙제

〈1〉 말의 평균 점수 환산법과 경청의 힘

긍정적인 언어습관을 성공적으로 이루려면, 평소에 말의 점수와 경청의 힘을 항상 기억하고 실천하면 많은 도움이 된다. 경청은 최상위 언어습관이자, 성공적인 대인관계의 핵심사항이다. 말을 해서 60점 이상을 받기는 쉽지 않다. 하지만 경청의 점수는 최소 80점 이상이다. 말을 해서 점수를 얻는 것보다 미소로 듣고 있을 때에 점수가 높다. 상대의 말에 관심과 집중의 태도와 자세 그리고 약간의 추임새를 첨가할수록 점수는 가파르게 올라간다. 그렇다고 아무 말 하지 않고 듣는 경청만으로 살아갈 수는 없는 일이다. 또한 아는 것을 나서지 않고 참는 것은 정말로 많은 인내심을 필요로 한다. 살아온 날들을 뒤돌아볼 때 말 안 하고 참았을 때보다, 불평불만, 지적, 분노 등 부정적인 말을 해 버린 것을 후회하게 되는 경우가 훨씬 더 많을 것이다.

90점 이상의 높은 점수를 얻는 비법은, 사랑과 감사의 말과 향기롭고 빛나는 말(아름다운, 멋진, 따뜻한, 보람, 상냥, 친절…)이다. 그리고 100점대의 최고 점수는 믿음과 배려 그리고 최상급 칭찬 등의 감동의 말(훌륭한, 위대한, 경이로운, 대단한, 특별한, 영웅, 전설…)이다. 사람들은 대다수가 이야기하는 것을 더 좋아한다. 사람은 누구나 인정받기를 원하고, 자신에게 최대의 관심이 있다. 그래서 자신의 말을 잘 들어 주는 경청의 사람을, 누구나 좋아하게 된다. 그러므로 만일 경청의 중요성을 제대로 배우고 익히지 못했다면, 항상 무언가 부족한 반쪽짜리에 머물지도 모른다. 경청은 시기와 상황에 따라서는, 최고 점수인 100점을 능가할 경우도 발생한다. 생각하고 말하는 대로 인생이 흘러간다. 평소에 하고 있는 말의 평균 점수를 자세히 측정해 보면, 성공과 실패 그리고 건강과 행복의 많은 부분이 들어 있다. 이처럼 나와 상대의 언어습관으로 운명과 미래의 예측 점수를 예측해 볼 수 있다.

〈2〉 긍정의 언어습관 성공의 조건

오늘, 하루의 말과 행위가, 운명을 결정한다. 긍정의 언어습관의 가장 성공적인 일상생활 실천법은, 말하기에 앞서 세 가지 조건을 미리 생각하고 통과시키는 것이다. 상황에 따라서는 순서를 바꾸어 대입해도 된다. 성공적인 대인관계 일상생활 실천법에 대입하여 사용하면 더욱 효과를 높일 수 있다.

1) 상대를 기쁘고 행복하게 하는 말인가?

'상대를 기쁘고 행복하게 하는 말'은 감사, 칭찬, 친절 등의 기쁨과 행복의 말을 먼저 전하는 것으로, 반드시 배워 두어야 할 최고의 습관이다. 예수님은 '내가 대접받고 싶은 대로, 먼저 대접하라'는 삶의 진리를 전하셨다. 평소에 이런 일상생활 습관에 익숙해지면, 슬며시 건강과 행복이 가까이 다가온다. 하늘은 자신의 창조물들이 기뻐하며 살아가는 것을 가장 바란다. 그래서 항상 웃으면 복이 오고, 미소와 즐거움은 건강과 행복 그리고 성공을 끌어당긴다. 그리고 직접 말할 수 없는 자신을 대신해서, 창조물을 기쁘고 행복하게 하는 사랑배달부에게, 하늘은 감사의 선물로 최고의 축복을 주신다.

2) 상대를 편하게 해 주는 말인가?

'상대를 편하게 해 주는 존중과 배려의 말'은 성공적인 대인관계의 시작점이자 최상위 사랑과 인품의 표현법이다. 상대가 원하는 대로의 편하게 해 주는 말은, 항상 시작과 마지막 말에 귀를 기울이면 거의 알아차릴 수 있다. 시작이나 마지막 말에는, 그 사람이 진정으로 바라는 주제나 의미가 담겨 있기 때문이다. 사람은 누구나 태어난 것은 거의 비슷하나, 습관과 인품에 의해 운명이 달라진다. 진정한 사랑은 상대를 구속하는 것이 아니라, 그를 편하게 해 주는 것이다. 즉 상대가 나와 '틀림'이 아닌 '다름'으로 인정하는 것이, 진정한 사랑과 행복의 시작이다. 이처럼 '나와 상대를 있는 그대로 받아들이고 존중하는 습관'이 '마법의 삶과 기적의 치유'의 출발점이다.

3) 상대가 듣기 원하거나, 서로에게 도움이 되는 말인가?'

상대가 듣기 원하거나 청하기 전의 지적과 충고는, 바라는 좋은 결과를 거의 얻을 수 없다. 그가 조언을 청하더라도, 스스로 해답을 찾게 하는 답변이 좋다. 실제로도 조언보다는 위로나 격려의 말을 듣기 원하는 경우가 대부분이다. 언제든 부족함을 재확인하는 과정보다는, 용기와 희망을 주는 것이 중요한 일이다. 이처럼 상대의 입장에서 먼저 생각해 보고 말하는 언어습관이, 이웃 사랑의 실천이자 봉사와 나눔의 시작이라 할 수 있다. 뿌린 대로 거둔다. 성공적인 대인관계의 핵심 법칙인 윈-윈 게임에서, 앞에 윈은 상대가 먼저이다. 내가 먼저 최선을 다해 즐겁게 봄 씨앗을 뿌리면, 머지않은 날에 상상 이상의 결과가 가을 메아리로 돌아온다.

〈3〉 말 속에 담긴 장점 가시와 단점 숙제 개선방법

사람은 누구나 자신만의 가치관과 경험에 따라 세상일을 받아들이고 처리하는 일정한 패턴과 습관이 있다. 그 정해진 인풋과 아웃풋의 패턴과 습관은, 특별한 계기가 없다면 일생동안 그대로 진행된다. 그리고 한번 고정된 언어습관은, 옳든 그르든 같은 방식으로 계속 진행되는 문제점이 있다. 그것은 누구나 가지고 있는 언어습관의 한계의 벽이다. 그 한계의 벽에는 발전과 풍요의 삶을 가로막고 있는 장점 가시와 단점 숙제가 들어 있다.

첫째, 평소에 다른 사람에게 가장 많이 했던 지적이나 충고 그리고 가정, 직업, 이웃, 세상에 자주 했던 근심걱정이나 불평불만 등을 떠올려 본다. 그리고 살면서 가장 크게 분노했던 순간들과 함께 적어 보자. 그 속에 들어 있는 장점 가시와 단점 숙제를 찾아 개선하는 것은, 내 운명과 미래를 바꾸는 특별한 터닝 포인트가 될 것이다.

둘째, 내가 가장 많이 들었던 지적이나 충고, 그리고 살면서 가장 어렵고 곤란했던 순간들을 생각해 보자. 또한 상대가 가장 크게 화를 냈던 경우들을 떠올리고 적어 보자. 가장 크게 일그러진 기억의 조각일수록, 개선해야 될 최후의 걸림돌이다. 이처럼 말 속에서 장점 가시와 단점 숙제를 찾아낸다는 것은, 삶을 변화시킬 수 있는 절호의 기회를 맞이한 것이다. 점차 '어제보다 나은 오늘의 나'로 변신해 나간다면, 내 삶은 매일 새로운 전환점을 맞이하게 될 것이다.

더 나은 발전과 풍요의 삶을 원한다면, 그 후로 통과해야 하는 마지막 관문이 남아 있다. 만일 이 마지막 관문을 통과하지 못했다면, 많은 계획과 실천에 따른 어렵게 얻은 성과물들은, 어느새 원위치 되어 돌아가 버릴 것이다.

첫째, 지속적인 반복 연습과 훈련을 통해 자신의 습관과 실력으로 만들어 나아가는 것이다. 세상에 공짜는 없다. 삶의 진정한 승부는, 학습된 습관과 실력을 어느 수준으로 발전시키느냐에 달려 있다.

둘째, 부정적인 고정 관념이나 선입견 또는 징크스 등을 가지고 있다면, 점검해서 개선해야 한다. 그 부정적인 생각이나 문구들은 자신의 잠재력이나 삶의 한계를 미리 정해 놓아서, 변화와 발전의 속도를 느리게 하고, 결국 많은 시간과 노력을 물거품으로 만들 것이다. 또한 사람, 일, 세상에 대한 부정적인 편견으로 올바른 판단이나 선택 그리고 대인관계 등을 어렵게 한다.

마지막으로 자신의 가치관과 기준 잣대를 꿈과 목표에 맞추어 조정해야 한다. 누구나 세상과 사람, 그리고 상황을 판단하고 처리하는 자신만의 가치관과 기준 잣대를 가지고 있다. 하지만 시대

나를 변화시키는 습관의 황금키

와 상황 그리고 지금의 같은 지구촌에서도 가치관과 기준 잣대는 서로 크기와 범위가 다르다. 그래서 세계적인 멘토들은 '옳고 그른 것은 없다. 내 마음이 그렇게 만들 뿐이다'라고 삶의 진리를 전하고 있다. 그 가치관과 기준 잣대를 높고 넓게 변화시키는 일은, 자신의 삶에서 위대한 일을 행하는 것이다. 항상 이 세 가지 관문을 고려한다면, 힘들게 노력해서 얻은 좋은 결과물들이, 진정 나의 것으로 소속된다.

생각하고 말하는 대로 운명이 흘러간다. 생각은 말로 나오기 때문에, 말과 언어습관에는, 자신의 운명과 미래를 끌어당기고 이루는, 모든 것들이 들어 있다. 결국 누구나 자신의 말과 언어습관에서, 이 특별한 숨은 그림들을 찾아낸다면, 이번 생에 자신과의 승부에서 웃는, 최후의 승리자에 한발 더 다가서게 될 것이다. 누구나 살다 보면 운명과 미래라는 높고 얕은 산들과 마주하게 된다. 내 눈 앞에 펼쳐진 큰 산을 땀과 눈물로 넘으면, 어느새 또 하나의 산이 슬며시 다가오고, 또 다른 산이 안개 속으로 다가선다.

◼ 긍정의 언어습관 성공의 비결

생각하고 말하는 대로 운명이 흘러간다. 그리고 생각과 말로 구하고 믿는 방향으로, 삶이 흘러간다. 말과 언어습관은 첫 단어와 문장 그리고 마지막 단어와 문장이 가장 중요하다. 그에 더해 중간에 하고 있는 '예스와 노', '덕분에와 때문에', '장점 가시와 단점 숙제' 등 말 속에도 많은 숨은 그림이 들어 있다. 그 숨은 그림들을 잘 해독할 수 있다면, 삶의 발전과 치유 그리고 많은 어려운 문제들이 해결될 것이다. 미국의 존경받는 대통령 링컨은 '사람은 40세가 넘으면, 얼굴엔 지나온 과거가, 말속에는 미래가 들어 있다' 라고 했다. 지금 나와 상대가 스스로 하고 있는 말과 언어습관에는, 건강과 행복 그리고 성공과 행운의 현재의 점수와 미래에 대한 예상점수가 들어 있다.

건강과 행복은 현재 내 자신이 건강하고 잘될 것이라는, 믿음대로 이루어진다. 누구나 자신 안에 영웅적 자질이 작동하고 있지만, 믿고 있지 않다면 그들은 작동하지 않는다. 그러므로 현재 내 자신의 면역력이 강해서 건강할 것이고, 혹시 병에 걸려 있더라도 치유가 될 것이라는 확고한 믿음이, 건강과 치유의 가능성을 높인다. 그래서 예수님도 기적의 치유를 행하고 나서 항상 "너의 믿음이, 너를 구했노라"라고 하셨다. 행복도 건강처럼 나 자신이 현재 행복하다고 믿고 있는 사람에게 존재한다. 현재 내 자신이 가진 것에 감사하는 긍정적인 사람은, 건강과 행복을 찾고 느낄 수 있다. 하지만 근심걱정이나 부족함을 바라다보는 부정적인 사람에게는, 늘 건강과 행복이 멀리 있다. 항상 내일의 행복을 찾고 기다리는 사람에게는, 언제나 부족한 오늘만 있을 뿐이다. 건강과 행복은, 현재 이 순간 자신이 건강하고 행복하다고 말하고, 믿는 사람에게만, 주어지는 특별한 선물이다.

성공은 건강이나 행복과는 조금 다르다. 건강과 행복이 현재로부터 시작해서 미래의 삶도 믿는 것이라면, 성공은 이루어질 미래를 먼저 확신하고 나서 현재를 자신감과 믿음으로 살아가는 것이다. 현재 이미 성공한 사람이 아닐 경우가 많을 것이다. 그래서 현재 성공했다고 믿는 것이 아니라, 꿈과 목표가 이루어진 미래의 모습 즉 미래의 성공 이미지를 믿는 것이다. 그에 더해 현재도 '성공한 사장 마인드'를 가져야 한다. 첫 시작부터 꿈과 목표가 이루어진 '근거 없는 자신감'으로 무장한 '척하는 능력'이, 실제로 미래의 성공을 끌어당긴다. 성공철학의 저자인 나폴레옹 힐의 '성공한 자신의 모습을 늘 떠올려라. 그러면 현실은 상상에 가까워진다'라는 명언은 성공학 분야의 황금률로 인정받고 있다.

말과 언어습관을 잘 관찰하면, 말속에 담긴 각종 숨은 그림들을 쉽게 찾을 수 있다. 무슨 일을 하든지 언제든 운이 좋을 사람인가도 예측이 가능하다. 운은 발전적이고 풍요로운 삶을 위해 필수적인 요소이다. 행운의 여신은 첫째 건강과 행복과 마찬가지로 현재 자신이 항상 운이 좋다고 말하고 믿는 사람을 찾는다. 운의 크기를 결정하는 두 번째 필요 사항은 기쁜 마음과 좋은 감정이다. 그것은 매사에 감사하는 기쁜 마음과 모두가 잘되기를 바라는 좋은 감정이다. 이는 삶의 진리이자 자연과 우주의 법칙의 공통점이다. 세 번째는 주의사항으로 행운의 여신은 남을 탓하거나 즐겁지 않으면 떠나 버린다. 즉 '때문에'보다는 '덕분에'를 선호하며, 언제나 즐겁게 웃는 사람과 친절한 미소를 좋아한다. 말과 언어습관에는 그 사람의 많은 정보가 들어 있다.

  자신과의 최종 승부는, 꿈과 목표, 현재와 미래의 삶에 대한 믿음과 확신, 밝은 미소와 즐거움, 그리고 말과 감정의 일치이다. 말과 감정의 불일치는, 항상 좋은 결과를 끌어당기지 못하는 핵심 원인이다. 일상의 근심걱정, 불안, 두려움 등 부정적인 말과 생각은, 부정적인 결과를 끌어당긴다. 즉 삶에 최선을 다하면서도, 항상 마음속 감정이 불안하거나, 즐겁지 않거나, 힘겨워 한다면 안타깝게도 노력한 만큼의 좋은 결과가 나타나지 않는다. 모든 생각과 행동을 결정하는 잠재 뇌는 말과 감정에 의해 영향을 받기 때문이다. 대다수 선택과 결정의 우선 키는 느낌과 감정이다. 말을 잘하기 이전 5,6세경까지 보고, 듣고, 먹고, 느끼는 감정에 의해, 잠재 뇌 속에 일생을 살아가는 데 필요한 습관의 씨앗들이 형성되기 때문이다. 그래서 평소에 어떠한 선택을 할 때 시각, 청각, 미각, 촉각적으로 좋아하거나 즐겁고 기쁜, 우선적으로 선호하는 자신의 느낌과 감정에 의해 결정한다. 성공적인 대인관계에서 가장 중요한 첫인상에서도, 말의 내용보다 제2의 언어습관인 시청각적인 느낌에 영향을 받는다.

그래서 칭찬, 부탁, 논쟁 등을 할 때도, 자세한 설명의 반복보다는 말에 감동, 느낌, 기분 등 감정을 잘 표현하면 설득력과 전달력이 높아진다. 예를 들면 '당신이 청소를 돕는다면, 무척 고맙고 기쁠 거야!', '오늘 나와 함께해 줘서, 정말 감동이야!(너무 고마워!)', '정말 미안하지만, 그럴 때마다, 손에 땀이 나고 가슴이 답답해져서 그래!' 등 감정을 움직이고 마음을 주고받는 표현법이다. 또한 행운은 누구나 바라고 좋아하고, 누구도 불운은 피하고 싶어 한다. 이를 언어습관에 적용하면 부족한 습관들을 고치는 데 도움이 된다. 근심걱정이나 지적을 많이 하는 부정적인 사람에게는 '칭찬을 하거나 받으면 운이 상승하고, 지적을 하면 서로의 운이 나빠진대!'라는 지혜로운 말이, 서로의 건강과 행복을 위해 필요하다. 평소에 청소나 뒷정리가 부족한 가족에게는, 천 번의 지적보다 '현관이나 화장실이 더러우면, 운이 나빠진대! 가족을 위해 잘 부탁해'라는 한 번의 현명한 권유가 더 큰 효과가 있다. 평소에 이러한 방식들을 적절히 사용하면, 그동안 살아오며 어려웠던 문제 해결에 많은 도움이 될 것이다.

웃으면 복이 오고, 웃다 보면 건강과 행복이 다가선다. 그런데 21세기 위기와 기회가 공존하는 4,5차 산업혁명의 경쟁 시대를 살아가다 보니, 어느새 미소와 즐거움 즉 웃음을 잃어 가고 있다. 그 웃음이 떠나간 빈자리로 슬며시 질병과 불행이 찾아들고 있다. 그래서 20세기 '생각하고 말하는 대로, 운명이 흘러간다'에 한 가지 더 '미소의 의미'를 추가해야 한다. 즉 21세기에는 '생각과 말 그리고 미소의 의미에 따라, 운명이 흘러간다'로 변경해야 한다. '미소의 의미'에는 '일상의 밝은 웃음과 친절한 미소', '일할 때의 즐거움', '매사에 감사하는 기쁨' 등을 포함하고 있다. 이러한 행운을 끌어당기는 특급 요소들은, 감정을 좋은 방향으로 움직이는 특별한 효과가 있다. 항상 마음 따라 몸이 가고, 몸 따라 마음이, '미소의 의미' 따라 몸과 마음이 움직인다. 즉 '말이나 행동을 할 때, 항상 밝은 웃음과 친절한 미소를 갖추었는가?'가 성공적이고 행복한 결말을 예고하고 있다. 즉 말과 감정을 일치시키는 '웃음과 미소'에 의해, 내 삶으로 좋은 일들이 끌어당겨지고 이루어진다. 긍정의 언어습관의 최종적인 완성은 '말과 감정을 웃음과 미소로 일치'시키는 것이고, '말과 감정의 일치'는 '긍정의 언어습관 성공의 비결'이다.

나와 상대의 말이나 언어습관에서 이러한 사항들을 종합 분석하려면, 이 책에서 단계적으로 다루고 있는 21 플러스 공식과 비법에 대한 충분한 이해가 필요하다. 미국의 철학이자 시인인 헨리 데이비드 소로는 '많은 사람들은 자신이 낚으려는 고기가 무엇인지도 모르고, 평생 낚시를 한다'라는 멋진 명언을 남겼다. 이번 생에 잡고 싶은 고기가 무엇인지를 알아야, 그에 맞추어 선호하는 먹이와 습성 등의 정보 수집과 알맞은 장비 선택과 준비 등을 하고, 주로 서식하는 장소로 찾아가야 성공할 확률이 높아질 것이다.

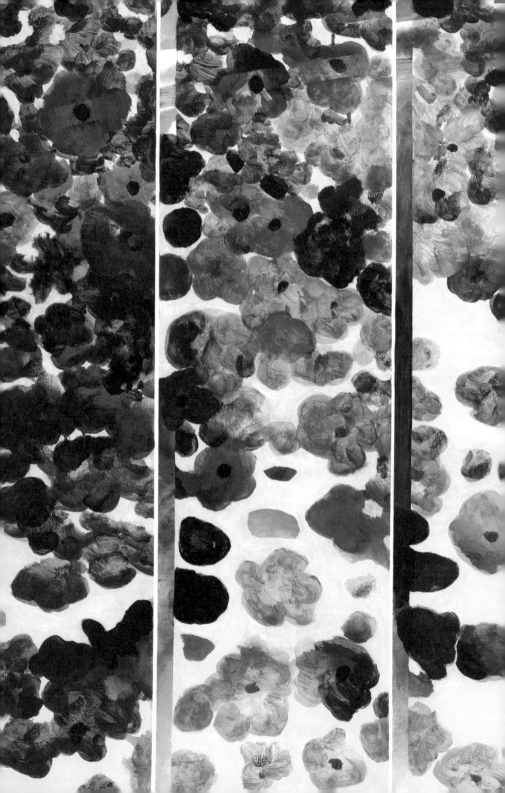

내 위대한 인생의
최상위 3대 실천 공식과 계획표

'내 인생의 3대 실천 계획표'는, 21세기 꿈과 목표를 이루는 성공의 길을 꿈꾸거나, 건강하고 행복한 멋진 삶을 원하는 사람이라면 반드시 가져야 할 필요조건으로서, 21세기 위기와 기회의 시대에서, 기회를 선택하는 최상위 5% 그룹에 도달할 가능성을 높여 줄 것이다. 그 중요한 내 인생의 첫 번째 3대 실천 계획표는, 성공의 꿈을 이루게 해 주는 '21 꿈과 목표'이다. 두 번째는 내 일생의 건강과 행복의 실천 계획표인, '내 인생의 4대 점검 계획표'이다. 운명과 미래에 가장 직접적인 영향을 주는 세 번째는 오늘 하루를 어떻게 살아갈 것인가를 미리 결정하고 실천하는 '위대한 하루 공식 5'이다.

그리고 삶의 학교 교훈이자 일생과 하루의 실천 공식인, '내 인생의 3대 실천 공식'을 실천해 나간다. 3대 실천 공식은 '어제보다 나은, 오늘의 나', '앞서거나 다른 플러스 5%', '그럼에도 불구하고, 긍정'이다. 이러한 '내 인생의 3대 실천 공식'과 '내 인생의 3대 실천 계획표'를 가지고 있다는 것은, 내 인생의 목표와 방향성인, 무엇을 어떻게 살아갈 것인가를 갖추는 대단한 일이다. 그 모든 것을 한 장의 이미지 영상으로 떠올리며, 오늘 하루와 일생을 실천하며 살아가는 것은, 누구나 꿈꾸는 삶의 계단에 오르는 지름길이다.

내 위대한 인생의 최상위 3대 실천 공식

'내 인생의 3대 실천 공식'은 일생동안 자신과의 승부에서 승리하는 사람이 되는 '삶의 학교의 교훈'이라 할 수 있다. 나 자신과 삶을 발전시키는 일생과 하루의 3대 실천사항으로, 꿈과 목표 달성의 핵심 키이다. '내 인생의 3대 실천 계획표'와 더불어 4차 5차 산업혁명의 위기와 기회의 경쟁 시대의 훌륭한 대비책이 될 것이다. 그리고 항상 일생과 하루의 영원한 실천 방향성인 '내 인생의 3대 실천 공식'을 실천하며 살아간다면, 꿈과 목표를 이루는 속도와 높이 그리고 삶의 계단과 질이 달라질 것이다.

나를 변화시키는 습관의 황금키

〈1〉 어제보다 나은, 오늘의 나

항상 발전하는 자세로서 풍요로운 최상위 플러스 5% 삶의 진입
공식이다. 어제보다 단 0.001%라도 발전하려는 긍정적이고 적극
적인 삶의 자세이다. '천리 길도 한 걸음부터'라는 속담이 있다. 시
작은 미약하나 하루하루 쌓이다 보면, 어느새 꿈과 목표를 달성하
게 될 것이다. 항상 자신을 새롭게 변화시키고 발전시키는 용기와
지혜의 문구이다. 급변하는 21세기에 적응하는 자세와 능력이 길
러진다. 또한 나이가 들어 갈수록 발전하는 품격의 삶이 전개될
것이다.

〈2〉 앞서거나 다른 플러스 5%

'내 인생의 3대 계획표'와 '21세기 건강과 행복 그리고 성공과 행
운의 플랫폼'을 학습하고 삶에 적용하며 살아가는 일은 '앞서거
나 다른 플러스 5%'가 되는 지름길이다. 지속적인 자기계발과 반
복 훈련을 통해 감사, 웃음(미소), 칭찬, 인사, 친절 등에서 '앞서거
나 다른 플러스 5%' 좋은 습관과 인품의 실천과 달성이다. 처음부
터 무리한 목표를 정하는 것보다는, 오늘부터 현재의 자신의 습관
들을 5% 더 올리는 작은 변화와 도전을 시작하는 것이 성공 가능

성이 높다. 잠재 뇌에 습관의 폴더가 형성되는 3년을 지속하면, 상위 5% 성공 가능성의 문에 도착하게 된다. 그 후 명품 실력으로 발전시켜 나가면, 어느새 성공프로의 최종 관문을 통과하게 될 것이다. 상대를 기쁘고 행복하게 하는 말과 행동을, 오늘 하루 실천 방향과 목표로 삼으면 도움이 된다. 발전과 풍요의 삶을 향한 특별하고 멋진 하루하루를 스스로 만들어 갈 수 있다. 자신의 내면에 잠들어 있는 영웅적 자질을 깨우는 성공·프로의 삶의 일정이다. 이번 생은, 내 인생과 영혼의 '수련원'이자 '휴양지'이다.

〈3〉 그럼에도 불구하고, 긍정

'나와 상대의 장점을 칭찬하고, 단점을 있는 그대로 받아들이고 존중하는 최상위 인품'을 성숙시켜 나가는 삶이다. 자신의 마음에 들지 않는 상황(사람, 질병, 실패, 역경…)을 만날 때마다, 마음속으로, '그럼에도 불구하고, 오케이!', '그럼에도 불구하고, 예스!'를 외치며, 운명과 미래를 역전시키고 극복해 나가는 위대한 삶이다. 내 삶에 다가서는 장애물을 디딤돌로 만드는 공식이자, 베스트 원과 온리 원과 더불어 최상위 성공과 행복의 비법이다. 자신의 인내심과 성격 그리고 용서의 임계점을 갈고 닦는 문구이다. 사람마다 상황에 따라서 무조건 긍정은 어렵겠지만, 그 한계를 높여 나가려 노력하는 일생이 되어야 한다. 그와 비례하여 긍정 에너지가 높아져 가고, 더불어 건강과 행복 지수도 상승할 것이다.

내 위대한 인생의 최상위 3대 실천 계획표

〈1〉 21세기 꿈과 목표

꿈과 목표는 내 삶의 3대 실천 계획표이자, 중요한 성공 계획표이다. 누구나 상위 5% 이상의 플러스 인생을 원한다. 그 성공 가능성의 문을 통과하는 바람을 이루는 사람은 불과 5% 정도이다. 하버드나 예일 대 등의 각종 연구에서 꿈과 목표를 직접 쓰고 관리한 3%가, 그렇지 않은 나머지 사람들보다 더 많은 부와 성공을 이루고 누린다고 했다. 그런데도 대다수 사람들은 꿈과 목표를 적고 관리하는, 성공을 향한 첫걸음도 실행하지 않으면서, 단지 마음만으로 성공을 꿈꾸며 살아간다. 마음과 실천 사이의 수평 거리를 평생 좁히지 못한 채 살아간다. 그리고 그 공식은 내게 적용되지 않는다는 듯이 확률 없는 성공의 꿈을 꾼다. 성공의 최대 장애물인 게으름의 벽을 헐어 버리고 떨쳐 일어나는 용기가 필요한 순간이다.

21세기에는 꿈과 목표를 작성할 때, 그 이전과는 조금 다른 새로운 방식이 필요하다. 성공뿐만 아니라 건강과 행복에 대한 계획 표도 동시에 작성해야 한다. 세 방향으로 각각의 안전선인 상위 20%를 돌파하는 인생이 21세기 성공적인 삶이라고 할 수 있다. 그 러려면 우선 '21세기 건강과 행복 그리고 성공 게임의 플랫폼' 정 보를 학습해 두어야 한다. '21 꿈과 목표'를 이루려면 첫째 '21 행복 게임'에서 추구해야 할 목표는 각자 기쁨과 웃음이 넘쳐흐르는 행 복한 가정을 만들고자 노력하는 것이어야 한다. 둘째 '21 성공 게 임'에서 추구해야 할 목표는 자신의 직장이나 일터에서 현재 자신 이 하고 있는 그 일을 즐기며 최선을 다하는 성공 프로가 되고자 도전하는 것이어야 한다. 그에 더해 셋째로 '21 건강 게임'에서 두 가지 추구해야 할 목표는 일과 삶을 즐길 수 있을 정도의 충분한 '체력과 건강'이다. 체력과 건강이 모든 것을 결정하는 것은 아니 지만, 만일 그것이 없다면, 모든 것을 다 잃게 될 것이다.

꿈과 목표는 자신이 잘하거나 좋아하는 것을 참고로 하여 작성 하여야 하고, 큰 꿈과 작은 꿈을 동시에 추구하여야 한다. 그리고 세부적인 실천 계획을 세우고 중간 점검과 최종 달성 기한을 설정 하는 것도 필요하다. 그리고 생각 속에만 담아 두는 것보다 직접 손으로 적어 보는 것은, 하늘과 땅만큼의 차이가 있다. 꿈은 살아 가면서 몇 가지로 바뀌고 달라질 수 있다. 꿈을 정한 사람은 살아 가며 그 꿈에 필요한 책이나 각종 정보를 수집하게 되고, 그 꿈에 걸맞은 행동이나 생각을 자주 하게 됨으로써, 바라는 삶을 이룰 확률이 높아 간다.

꿈을 이루고 성공한 사람들의 공통점은, 그 꿈을 이룰 수 있다고 자신이 믿고 있었다는 점이다. 그리고 평소에 그 꿈을 이룬 자신의 미래의 모습을 상상하고, 기쁘고 행복한 마음으로 살아간다. 항상 잊지 않게 잘 보이는 곳에 꿈과 목표 또는 실천 계획표를 붙여 놓거나, 작은 카드로 만들어 지니고 다니는 지혜도 필요하다. 꿈과 목표를 이루는 가장 좋은 비법은 10년, 20년 후의 '성공 이미지'와 현재를 '성공한 사장 마인드' 그리고 언제든 '내 인생의 3대 실천 공식'으로 살아가는 것이다. '승자는 미리 이긴 후 싸우고, 패자는 항상 해 봐야 안다고 한다'는 손자병법에서 배우는 21세기 성공의 지혜이다. (p.251~256, 부록 1,2,3 참조)

〈2〉 삶의 학교와 '내 인생의 4대 점검 계획표'

삶은 학교이다. 삶은 영원히 배우는 학교이다. 그 일생이라는 학교는 학습, 경험, 성숙, 결실, 오계절 등 다섯 개의 반으로 나눌 수 있다. 그리고 몸과 마음의 성장발육과 퇴화 과정의 3대 터닝 포인트와 3단계 건강의 계단으로 구성되어 있다. '내 인생의 4대(예비-출발-중간-결실) 점검 계획표'는 내 일생의 건강과 행복 그리고 성공에 대한 청사진을 갖는 것이다. 그리고 내 삶의 과거, 현재, 미래를 동시에 꿈꾸고 기획함으로써, 내 인생 전체를 한 장으로 통찰하고 멋지게 꾸려 갈 수 있게 된다.

생각하고 말하는 것보다 직접 써 보는 것이 더 낫고, 쓰는 것보다 그림으로 그려 보고 이미지나 영상으로 암기하는 것이 훨씬 더 낫다. 즉 건강과 행복 그리고 성공을 한 장의 화면으로 늘 떠올리고 살아가며 관리하는 것은, 멋지고 즐거운 하루와 일생을 살아가는 비법이다. '내 인생의 4대 점검표'를 점검할 때에, 함께 성공 계획표인 꿈과 목표를 작성하고 관리하며, 시기와 상황의 변화에 따른 수정이나 업그레이드를 실시하면 더욱 효과적이다. 사는 대로 생각하는 삶이 아니라 생각하고 살아가는 길이다. 즉 내 인생의 주인공이자 선장이 되어, 내 일생을 조율해 가며 살아가는 삶이 될 것이다.

1) 학습의 학교와 '내 인생의 예비점검'

첫 번째 점검은 청소년기 시절에 '내 인생의 예비점검'을 하는 것이다. 이때는 꿈과 목표 작성, 긍정의 힘, 좋은 습관과 인품, 일생을 살아갈 체력과 건강 등을 길러 내 일생의 건강과 행복 그리고 성공으로 진입하는 데 필요한 사항들을 점검해야 한다. 이 시기에는 '성장발달의 3대 터닝 포인트'에 맞추어 자존감(6세경, 사랑의 물 주기)과 자신감(청소년기, 칭찬의 물 주기) 그리고 긍정심(학창시절, 감동

ⓜ 나를 변화시키는 습관의 황금키

의 물 주기)을 기르는 것이 필요하다. 꿈과 목표를 세워 미래에 대한 성공 이미지를 그릴 수 있게 하고, 그에 따른 계획과 준비를 할 수 있는 계기를 마련해야 한다. 감사카드, 용서카드, 가족회의 등으로 긍정의 힘과 좋은 습관과 인품의 씨앗을 길러야 한다. 꿈과 목표를 세우고, 긍정의 언어습관, 성공적인 대인관계, 위대한 하루 공식 등을 몸에 익히는 시기이다. 그리고 장점 가시와 단점 숙제, 일상 선물을 찾는 가장 중요한 내 인생의 예비 점검 시기이다.

2) 경험의 학교와 '내 인생의 출발 점검'

둘째는 내 일생의 가장 중요한 순간인 직업과 결혼으로 시작되는 경험의 학교에서의 '내 인생의 출발 점검'이다. 직업인으로서, 성공프로가 되는 정보 중 자신에게 맞는 성공의 공식과 비법을 준비하고, 그에 다른 계획을 세우고 실천해 나가야 한다. 그리고 행복가정을 이룰 수 있는 공식과 비법에 따른 실천 계획표를 준비하고, 직접 삶에 대입해 나가야 한다. 결혼해서 어떻게 해야 행복한 가정을 이루는지, 직장에 출근하기 전에 성공프로가 되는 법을 알고 출발선에 서야 한다. 그래야 다가올 수많은 난관과 역경을 미리 대비하고 예방할 수 있다. 직접 부딪혀서 알기에는 최소 10년 이상이 걸리고 그사이에 이미 성공과 행복을 멀어지거나 떠나가 버린다. 그래서 이 시기를 출발 전에, 내 삶에 다가오는 모든 일과 상황을 받아들이고 처리하는 방식과 습관인 인풋과 아웃풋을 점검하고 개선하는 일은 중요한 숙제이다. 누구에게나 가장 귀하고 소중한 내 인생의 첫출발의 순간이라 할 수 있다. 내 삶에서 한번 만나 보고 싶은, 그 성공과 행복의 사람을 자신의 최종 목표로 정해야 한다. 꿈과 목표를 달성하고 삶의 발전과 풍요를 이루는 3대 필수 조건인, 첫째 어제보다 나은 오늘의 나, 둘째 앞서거나 다른 5%의 습관, 셋째 상위 5% 성공가능성의 문을 통과하고, 내 삶의 한계를 극복하여 운명과 미래를 극복하는 최상의 무기인 '그럼에도 불구하고(인품의 관문)'를 갖추고 출발해야 한다.

3) 성숙의 학교와 '내 인생의 중간점검'

셋째는 성숙의 학교에 즉, 내 인생의 40대, 사추기에 필요한 '내 인생의 중간점검'이다. 이 시기는 내 삶의 중반부이자, 최대의 황금기일 가능성이 많다. 사춘기 시절에 내 인생에 꿈과 목표를 작성하는 것이 중요한 일이었다면, 내 인생의 중반부엔 나머지 후반부를 대비한 또 한 번의 꿈과 목표를 새롭게 작성하는 일이 필요하다. 21세기는 급변하는 위기와 기회의 시대이고 평균 수명이 비약적으로 길어졌기 때문에, 새로운 삶의 계획표 작성의 필요성이 점점 더 높아지고 있다. 그리고 이 시기쯤 되면 상황이 변화하고 꿈과 목표 등 많은 부분이 약간 느슨해지고 풀어지게 된다. 더 나은 삶을 바란다면 성공과 행복도 이 시점에서 재점검하고 새출발하는 마음으로 시작해야 한다. 가장 중요한 사항은 이 시기부터 건강의 계단이 한 단계 떨어져서, 본격적으로 성인병이 발병하는 시기이다. 그러므로 장수시대로 비약적으로 길어진 내 인생 후반부의 건강하고 행복한 미래를 위해, 자신의 현 상황을 점검하여 대비해야만 한다. 사추기 점검의 초점은 내 삶에서 무엇을 이루고 누구를 얼마나 사랑하고 나누고 떠날 것인가와 내 잠재능력을 최대로 발전시킬 최종적인 삶의 목표를 세우는 것이다.

4) 결실의 학교와 '내 인생의 최종 점검'

넷째는 정년과 은퇴 등으로 마무리하는 내 인생의 결실의 학교에서의 '내 인생의 최종 점검'이 필요하다. 이번 생에 자신과 후손을 위해 무엇을 남겨야 할 것인가에 초점을 맞추어야 한다. 그러므로 내 인생을 새롭게 맞이한다는 느낌으로 지금까지 살아오면서 못 이루었던 좋은 습관과 인품을 기를 수 있는 최후의 학교이다. 즉 삶의 유종의 미를 거두기 위해 자신의 영웅적 자질을 깨우기 위해, 남겨진 마지막 시간들을 불태워야 하는 중요한 시기이다. 그리고 무엇을 얼마나 사랑하고 즐기고 떠날 계획인가도 고려해야 한다. 60대는 21세기 들어 평균 수명이 급속도로 늘어나서, 20세기 이전의 사람들은 누리기 힘들었던 특별한 보너스 시기이다. 달라진 제2의 새로운 삶에 적응하고, 유종의 미를 거두겠다는 자세가 필요하다. 진정한 자신의 모습을 찾고, 이번 생에 발전시킬 생각과 행동 등 각종 한계의 벽을 돌파해 보는 시기이다. 지금까지 살아오던 삶과는 많은 부분에서 달라진 상황을 맞이하게 된다. 그에 대한 노후 준비와 설계가 부족하다면, 곤란한 처지에 놓이게 될 것이다. 이 시기에 건강은 무엇보다도 우선하여 고려하여야 한다. 그리고 지금까지 내 인생에서 배워 왔던, 그리고 얻었던 수많은 깨달음과 정보들을 정리하여 자녀나 후손들에게 전해 줄 의무가 있다. 1948년에 설립된 세계보건기구(WHO)는 건강에 대해 '건강이란 단순히 질병이 없고 허약하지 않은 상태만을 의미하는 것이 아니라 육체적, 정신적, 사회적으로 완전한 상태를 말한다' 라고 정의했다. 질병이 급속도로 늘어가는 21세기 건강과 행복의 위기 시대가 진행될수록, 자신의 건강과 행복의 산을 넘어 습관의 거듭나기에 성공하여, 소중한 후손들에게 건강과 행복의 습관을 물려주는 것을 추가해야 할 것이다.

5) 오계절 학교와 '자신과 가문의 플러스 · 마이너스 업'

만일 운이 좋아 80세가 넘는 삶의 오계절 학교에 무사히 도착하게 된다면, 가문과 후손에게 선업을 쌓아 줄 수 있는 최후의 기회를 맞이한 것이다. 이 시기는 우선 남겨진 그들에게 어떻게 기억되고 싶은가를 생각해 두어야 한다. 그리고 내가 원하는 영혼의 모습을 가다듬어야 한다. 내 영혼에 마이너스 업을 줄여 주는, 무언가 가치 있고 보람 있는 일에 마지막 도전을 해야 할 것이다. 이 시기에 다가오는 생로병사의 슬픔과 아픔마저도 '그럼에도 불구하고 감사'로 받아들여서, 나 자신의 부정의 업을 줄이거나 가문의 마이너스 업을 줄이는 좋은 기회로 만들어야 한다. 역경이나 질병 등 부정의 일이나 업은 부정으로는 줄지 않고 반복되거나 더욱 악화된다. 오로지 사랑과 감사 그리고 용서 등 긍정으로 감소시키거나 역전시킬 수 있을 뿐이다. 훗날 자신이 바라는 영혼의 모습이라 생각하고, 칭찬과 미소로 유종의 미를 거두려는 아름다운 삶의 자세와 성찰이 필요하다. 이러한 '내 인생의 4대 점검'을 일생동안 해 나간다면, 덜 후회하는 즐겁고 멋진 삶을 살아가게 될 것이다.

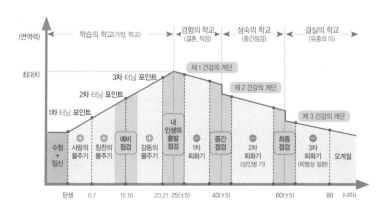

〈3〉 위대한 하루 공식 5

'21세기 꿈과 목표'를 제대로 설정했고 그리고 '내 일생의 4대 점검 계획표'를 작성하였다면 이제는 가장 중요한 실천 계획표가 있다. 그것은 위대한 하루 실천 계획표로 내 삶에 항상 행운이 함께하는 공식이자 비법이다. 하루의 행위가 운명과 미래를 결정한다. 오늘 하루를 어떠한 원칙을 가지고 실천하며 살아가는 것은, 자신의 운명과 미래에 지대한 영향을 미친다. 아무런 생각 없이 하루를 보내는 것과 천지차이의 결과를 만든다. '시작이 반'이듯이 아침에 눈뜨자마자 선언하는 자기 긍정의 확언과 선언은 중요한 의미를 갖는다. 그리고 잠들기 전에 하는 오늘 하루의 긍정의 마감은 유종의 미를 거두는 좋은 습관을 실천한다.

그리고 우선 오늘 하루의 실천 목표를 '내 인생의 3대 실천 공식'인 첫째 '어제보다 나은 오늘의 나', 둘째 '앞서거나 다른 플러스 5%', 셋째 '그럼에도 불구하고, 긍정'으로 미리 정해 둔다. 그리고 21세기 삶의 진리인 '말하는 대로 운명이 흘러간다'는 의미대로 '긍정의 언어습관'을 실천한다. 또한 성공과 행복의 80%를 결정하는 '성공적인 대인관계'를 실천하는 하루로 살아간다. 이 세 가지를 실천하는 하루를 살아가는 것은, 자신과의 위대한 승부에서 승리하는, 위대한 하루의 일정이다. 이러한 특별한 생각과 적극적

나를 변화시키는 습관의 황금키

이고 지속적인 실천은, 아무런 목표나 계획 없이 그냥 하루하루를 살아가는 것과, 전혀 다른 삶의 결과를 만들어 갈 것이다.

일상의 삶 자체가 '내 인생의 수련원'이자 이번 생은 '내 영혼의 휴양지'이다. 그래서 영원히 살 것처럼 일생동안 배워야 하고, 내일 떠날 것처럼 즐겁게 살아야 한다. 그러다 보면 저절로 앞서거나 다른 멋진 하루를 살아가게 될 것이다. 이에 더해 3대 계획표인 '21 꿈과 목표'와 '내 인생의 4대 점검'을 동시에 그리고 '내 인생의 3대 실천 공식'을 함께 실천하며 살아간다면, 어느새 발전과 풍요를 향해 질주하고 있는 자신을 발견하게 될 것이다. 그리고 자신과 가문의 안전선인 상위 플러스 20%를 지나, 마법의 삶과 기적의 치유를 끌어당기고 이루는 최상위 5%의 그룹의 계단에 오르고 있을 것이다.

위대한 하루 공식 5

오늘(아침 3분) 실천공식 1 : 자기 긍정의 확언과 선언

오늘 하루 실천공식 2 : 긍정의 언어습관 오늘 하루 실천공식 3 : 성공적인 대인관계 오늘 하루 실천공식 4 : 내 인생의 3대 실천 공식

오늘(저녁 3분) 실천공식 5 : 내 인생의 기네스 꿈나무와 별빛 축제

1) 아침 실천 공식

시작이 반이다. 어떠한 생각과 습관으로 어떻게 시작하느냐가 중요한 일이다. 첫출발 아침 3분, 세 가지 선언으로 성공적인 오늘 하루의 문을 열자! (선언은 반드시 3개일 필요는 없고, 편한 대로 하나 또는 둘로 정하거나 기도 등을 추가해도 된다.)

◇ 긍정의 확언!

① 어제보다 나은 오늘, 나는 모든 것이 점점 더 좋아지고 있다!

② 나는 항상 운이 좋아! 모든 것이 다 잘될 거야!

③ 나는 할 수 있다! 나는 무엇이든 될 수 있고, 이룰 수 있다!

◇ 베스트 습관 선언!

① 상대를 기쁘고 행복하게 하는 말과 행동을 실천하는 21 행복 베스트 프로

② 일상의 크고 작은 모든 일을 즐겁고 최선을 다하는 21 성공 베스트 프로

③ 나와 상대의 장점을 칭찬하고, 단점을 있는 그대로 받아들이고 존중하는 21 건강 베스트 프로

◇ 새로운 나, 선언!

___

꿈과 목표를 이루는, 성공 프로의 오늘하루 실천의 원투스리('긍정의 언어습관'과 '성공적인 대인관계' 그리고 '내 인생의 3대 실천 공식') 선언이다. 선언 문구는, 각자 자신에게 맞게 만들어서 또는 좌우명이나 꿈과 목표, 좋아하는 명언 등을 사용해도 된다.

① O년 O월 O일, 나 OOO! 어제보다 나은, 오늘의 새로운 나, 선언!
② 부드럽고 친절한 미소와 말투, 품격 있고 존중하는 태도와 목소리로 '나와 상대의 장점을 칭찬하고 단점을 있는 그대로 받아들이고 존중'하는 '내 인생 최고의 작품을 만드는 날!'
③ 1일 3선, '내가 먼저 웃으며 인사하기, 내가 먼저 감사와 칭찬의 말 전하기, 그럼에도 불구하고 화낼 일 참고 용서하기'를 실천하는 오늘은, '내 인생에 가장 멋진 최고의 날!'을 선언합니다.

2) 하루 실천 공식: 긍정의 언어습관
'병은 입을 통해 들어오고, 화는 입을 통해 나간다.'

① 부드럽고 친절한 미소와 말투
② 품격 있고 존중하는 태도와 목소리
③ 나와 상대의 장점을 칭찬하고, 단점을 있는 그대로 받아들이고 존

중하기

3) 하루 실천 공식: 성공적인 대인관계

성공과 행복의 80%는 대인관계로 결정된다.

① 내가 먼저 웃으며 인사하기

② 내가 먼저 감사와 칭찬의 말 전하기

③ 그럼에도 불구하고, 화낼 일 참고 용서하기

4) 하루 실천 공식: 내 인생의 3대 실천 공식

성공 프로는 실천계획에 항상 '내 인생의 3대 실천 공식'을 하루의 삶에 대입한다.

① 어제보다 나은 오늘의 나

② 앞서거나 다른 플러스 5%

③ 그럼에도 불구하고, 긍정

5) 저녁실천 공식: 내 마음하늘의 별빛 축제와 추가 정화법

오늘 하루를 긍정으로 마감하는 습관은, 성공적이고 행복한 삶을 이루는 최고의 비법이다. 잠들기 전 3분, 오늘 하루를 점검하고 '그럼에도 불구하고'와 '덕분에 이루어 감사'로 마무리하는 습관이

나를 변화시키는 습관의 황금키

필요하다. 오늘 하루를 털고 축하하며 감사하고 잠드는 유종의 미 습관은, 긍정적이고 발전적인 오늘과 내일을 살아가게 하는 중요한 공식이다.

① 그럼에도 불구하고, 오케이(OK)!, 그럼에도 불구하고, 예스(Yes)!

오늘 하루 공식의 '긍정의 언어습관', '성공적인 대인관계', '오늘 하루 위대한 목표' 등 3대 실천사항을 잠시 점검한다. 그리고 내 마음하늘에 감사별, 웃음별, 칭찬별, 미소별, 친절별, 인사별, 대답별, 용서별 등으로 채워지는 은하수, 작은 별, 큰 별로 수놓는다. 내 마음하늘 건강 · 행복 · 성공 · 행운 · 오계절의 5대 큰 별자리(21 프로 삶의 목표)가 번갈아 빛나며 별빛 축제를 시작한다. 오늘하루 힘들고 부족했던 모든 것들을 별똥별로 태워 버리기 불꽃놀이 축제('그럼에도 불구하고, 오케이!', '그럼에도 불구하고, 예스!' 3회 반복)로 마무리한다. 만일 털고 태울 것이 많은 날이면, 몇 차례 더 반복한다.

② 덕분에, 감사합니다 / 이루어 주셔서, 감사합니다

과거와 현재의 모든 것에 덕분에 감사하고, 내일의 이루어짐에도 미리 감사하며, 오늘하루 축제의 문을 닫는다. 만일 편안하게 잠들고 싶다면 천천히 호흡하며 '덕분에(들숨)/ 감사합니다!(날숨)'// '이루어 주셔서(들숨)/ 감사합니다!(날숨)'(공기 털어먹기 호흡법)를 서서히 반복한다.

삶에 리듬감을 불어넣어, 즐겁고 기쁜 감사의 삶을 살아가는 데 강력한 효과가 발생한다. 수식과 호흡법과 더불어 불면증 치료에도 효과가 있는 실용명상 호흡법이다.

③ '미·용·감·사' 추가 정화법

'그럼에도 불구하고, 오케이!', '그럼에도 불구하고, 예스!'로 털고 태워도, 무언가 마음 한구석에 부정적인 찌꺼기가 남아 있을 수 있다. 그런 날에는 '덕분에, 이루어 감사'를 시작하기 전에, 마음이 정화될 때까지 '미·용·감·사'(미안합니다. 용서하세요! 감사합니다. 사랑해요!)를 추가한다. '미·용·감·사'는 일종의 사랑과 용서의 긍정과 초월의 기도법이다. 그동안 책에서 읽은 반성과 정화의 기도법 중 베스트로 선택한 '미·용·감·사' 기도법(모로나와 휴렌 박사의 '호오포노포노')은, 분노나 두려움 등 부정성을 극복하고 스트레스 해소하여, 즐겁고 감사의 긍정성을 회복하는 좋은 방법이다. 부정성의 범위는 항상 상대에게 피해를 주지 않는 것을 원칙으로 해야 한다. 초긍정의 정화법이자 사랑과 용서의 기도법이라 공감되는 '미·용·감·사'를 사용하고 있다. 이때도 실용명상 호흡법['미안합니다(들숨)/ 용서하세요(날숨)// 감사합니다(들숨)/ 사랑해요(날숨)' 또는 '미안합니다. 용서하세요(들숨)// 감사합니다. 사랑해요!(날숨)']으로 반복해서 실시하면 정화 효과가 높아진다.

처음 시작부터 '잭의 오계절 꿈나무'와 '하이-로 기네스 열매'가 열리는 동화 속 꿈나라를 상상하고 시작해도 좋다. 부정성이 큰 경우는 자신만의 특별한 정화법이나 기도가 필요하다. 잠들기 직전에 아름다운 꿈나라를 상상하며 잠드는 것은, 건강하고 행복한 삶에 이르는 공식이다.

① 잭의 오계절 꿈나무

누구나 내 마음의 텃밭에서는, 동화 속 '잭의 꿈나무'가 하늘높이 무럭무럭 자라고 있을 것이다. 오늘은 '어제보다 나은 오늘의 나'로 그 줄기가 얼마나 성장하고 발전했는가를 슬며시 들여다본다.(하루 평균 10cm~1m 성장/ 특별한 날 2m까지 성장) 그 '오계절 꿈나무'는 내 마음하늘에서 구름을 뚫고 우주로 계속 자란다.

② 내 인생의 하이-로 기네스북

'기네스북'이란 무엇이든 최고나 최저 등 특이한 모든 것들을 기념하여 기록으로 작성된다. 오늘은 삶의 좋고, 나쁜 일 모두가 '내 인생의 하이-로 기네스북'에 추억의 열매로 기록되는 '특별한 기념일'이다. 언제나 오늘은, 오계절 꿈나무에 새로운 기네스 열매들이 주렁주렁 열리는 기념일이자 축제날이다.

성공적인 대인관계

누구나 좋은 배우자와의 만남과 행복한 가정생활 그리고 직업인으로 부와 성공을 이루며 존경받는 삶의 프로가 되기를 바란다. 카네기 연구소 등 각종 연구와 설문조사에 따르면 성공과 실패의 주요 결정 요인은 일반적인 예상과는 달리 재능이나 실력보다 대인관계가 핵심이었다고 한다. 대인관계가 성공과 실패의 80%를 결정짓는 핵심 요소였고, 실력과 재능은 20% 정도 영향을 주는 것으로 나타났다. 성공적인 대인관계는 주로 말로 진행되기 때문에 언어습관과 오늘 하루 일상생활 계획표에 의한 지속적인 실천력에 가장 큰 영향을 받는다. 성공과 행복 즉 삶의 계단과 질은 주로 사람과 사람과의 관계, 즉 대인관계에 의해 결정된다.

성공과 행복 그리고 건강 등 삶의 모든 좋은 것들은, 미리 준비된 사람에게 다가선다. 그리고 가장 중요한 대인관계는 자기 자신과의 관계 설정이다. 그 밖에도 자연과 우주 만물 또는 신과의 관계 설정도 삶에 지대한 영향을 미친다. 위기와 기회의 21세기 글로벌 경쟁의 시대에, 고객 감동의 능력은 필수적이다. 소크라테스의 산파술과 21 플러스 공식을 활용하면, 인생의 각종 어려웠던 문제들이 해결되기 시작할 것이다. 성공적이고 행복한 삶과 꿈과 목표를 이루기를 원한다면, 3대 황금키 습관인 긍정의 언어습관, 성공적인 대인관계, 내 인생의 3대 공식과 계획표(위대한 하루 공식)를 숙지해 두어야 한다.

첫인상과 긍정 마인드

〈1〉 첫인상과 첫 만남 준비 사항

사람을 처음 만날 때 상대에 대한 판단을 내리게 하는 첫 느낌, 즉 첫인상은, 3~15초의 짧은 시간에 결정된다. 그리고 대다수의 경우에 3분 이내에 상대에 대한 판단이 거의 내려진다고 한다. 그러니 본격적인 대화를 시작하기 이전에, 성공적인 만남 여부가

90% 이상이 결정된다고 해도 과언이 아니다. 그 짧은 시간에 주고받을 수 있는 것은, 인사하며 하는 태도와 말투 그리고 웃는 얼굴밖에 별로 없다. 사람들은 말의 내용보다는 주로 웃는 얼굴과 친절한 목소리 그리고 매력적인 외모 등으로 판단을 내린다. 만일 첫인상에서 실패한다면, 그 이미지를 만회하는 데 무려 40시간 이상의 정성과 노력이 필요하다고 한다. 그런데 그런 많은 시간과 기회가 주어지는 것은 거의 불가능하다. 그러니 우선 첫인상과 만남이 성공적이어야 '다음번'이라는 기회도 주어질 수 있다.

 '사람을 겉만 보고 판단하지 말라'라는 말을 자주 듣게 된다. 그 이야기는 대인관계의 성공 포인트인 첫 만남과 첫 느낌은, 외모와 외적 매력과 품격으로 판단하는 경우가 많기에, 매우 중요한 요소라고 해석할 수도 있다. 그래서 무엇보다 상대에게 호감을 줄 수 있는 멋진 미소, 밝은 인사, 친절한 목소리, 품격 있는 자세 등을 평소에 잘 갈고 닦아 놓아야 한다. 또한 세련된 품격을 갖추는 의상과 스타일 그리고 매력적인 외모도 미리 다듬어 두어야 한다. 밝고 친절한 '네'라는 대답은, 언제든 운명과 미래를 발전과 풍요로 변화시킨다. 21세기 경쟁 시대에 고용위기가 심해질수록, 미리 자신만의 특별한 내적, 외적 매력을 갖추어 두는 것은 중요한 일이다.

〈2〉 오늘은, 내 인생 최고의 귀인을 만나는 날

첫 만남에서 좋은 첫인상을 주고, 만남과 대화의 순간들 그리고 헤어질 때 유종의 미를 거두어야 한다. 상대의 반응은 내 마음을 비추는 거울이다. 미소와 목소리에는 내 생각과 마음이 들어 있고, 태도와 표정 그리고 말투 등을 통해 알게 모르게 상대에게 전달이 된다는 것이 각종 연구로 밝혀졌다. 그러니 지금 만나는 상대가 '전생에 내게 도움을 준, 반드시 갚아야 할 은인' 또는 '내 인생 최고의 귀인을 만나는 날'이라는 생각을 하는 것도 좋은 방법이다. 사람은 누구나 나를 만나는 것을 반가워하고 좋아하는 사람에게 호감을 느낀다. 또한 상대의 표정과 태도를 통해 그것을 감지하는 능력을 가지고 있다.

최고 수준의 영업사원이나 전설의 카사노바는 상대가 누구든, 마치 사막에서 오아시스를 만난 듯, 지루한 장마 끝에 햇살을 반기는 느낌으로 상대를 대한다. 그들은 감사와 칭찬의 실력은 기본으로 갖추었고, 가장 큰 비장의 무기는 몰입과 경청이었다. 모든 만남은 인사로 시작해서 인사로 끝난다. 그들은 이미 만남과 헤어질 때의 친절하고 예의바른 인사와 멘트도 좋은 인상으로 기억되게 준비하고 있다. 또한 만남의 시작부터 끝까지 기쁜 마음과 좋은 감정을 유지할 수 있는 인내심과 절제력도 필요하다. '지금 이

나를 변화시키는 습관의 황금키

순간 내가 하고 있는 그 일을 좋아하고 즐길 줄 아는 능력'이 자신의 멋진 운명과 미래를 창조하는 비법이자 마법의 열쇠이다. 세상에 공짜는 없다. 첫인상이나 중간의 대화 그리고 마지막 인사에서도, 그 사람이 지닌 습관, 성격, 매너, 자세, 정보 등 준비된 실력이 드러나게 된다. 첫 만남과 첫인상이 중요하듯이, 마지막 마무리 즉 유종의 미를 잘 거두려는 준비된 삶의 자세가 중요하다. 시작과 중간이 아무리 좋았어도, 최종 마무리가 안 좋게 끝난다면 성공적인 대인관계나 성공한 삶이라 할 수는 없다. 생각하고 살지 않으면, 항상 제자리일 수밖에 없다.

〈3〉 첫 만남을 성공으로 이끄는 세 가지 긍정 마인드

세상은 항상 준비된 사람의 것이다. 성공적인 대인관계의 첫 번째 요소인 첫 만남을 성공적으로 이루려면 사전에 갖추어야 할 조건들이 있다. 그중에서도 주변과 세상을 긍정으로 받아들이고 처리하는 긍정의 전환공식 공식이 필요하다. 영원히 살 것처럼 배우고, 내일이 마지막인 것처럼 즐겁고 멋지게 살아야 한다. 이번 생은 '내 삶의 수련원'이자 '내 영혼의 휴양지'이다.

1) 틀림과 다름

상대가 나와 '틀림이 아닌 다름'으로 인정하는 좋은 습관과 인품이, 성공적인 대인관계의 승패를 결정한다. 다가올 5차, 6차 산업혁명의 건강과 행복의 위기와 절벽의 시대를 극복하기 위해 꼭 갖추어야 할 해결책이다. '틀림과 다름'의 선택은, 성공적인 대인관계의 성공과 실패를 결정하는 핵심 요인이자, 질병의 주요 원인인 스트레스의 출발점이다. 누구나 생각이나 행동, 가치관 등 모든 것이 같은 사람은 없다. 태어난 환경, 습관, 인품, 실력 등이 각자 다르기 때문이다. 그러므로 성공적인 대인관계를 이루려면, 우선 나와 다르다고 상대가 틀린 것이 아니라, 단지 다를 뿐이고, 그럴 수 있다는 생각과 판단 능력이 필요하다. 그러려면 상대의 단점이나 부족한 점을, 있는 그대로 받아들이고 존중하는 훌륭한 인품을 갖춰야 한다.

세상에 공짜는 없다. '틀림이 아닌 다름'으로 인정하는 좋은 습관과 인품이 저절로 생기지는 않는다. 평소 일상에서 꾸준한 자기계발 노력을 통해, 실력과 재능으로 발전시켜 나가야 한다. 특히 남녀 사이에서는 체격, 성격, 뇌구조 등 그 차이가 더 크게 벌어지므로, 가정과 직업 등 가까운 사이일수록 더욱 배려하고 고려해야 한다. 그 틀림이 아닌 다름으로 받아들이고 인정하는 인풋과 아웃풋의 방식이, 성공적이고 행복한 삶을 이루는 최상위 비법이자 공식이다.

2) 좋은 것과 특별한 것 / 즐거운 일과 특별한 일

일상에 다가오는 크고 작은 모든 일을 좋은 것과 나쁜 것 또는 싫은 것으로 나누지 않고, 좋은 것과 특별한 것으로 나누는 분류법이다. 특별하다는 뜻은 나쁜 의미가 아니다. 그러므로 특별함에는 싫은 것과 나쁜 것을 포함하여 자신이 지금 알고 있지는 않지만 정말 좋은 것 등을 포함하는 것이다. 즉, 지금까지 내가 보고 듣고 느낀 것 이외에도 좋은 것은 얼마든지 세상에 존재한다. 단지 내가 지금까지 모르고 있을 뿐이다. 즐거운 일과 특별한 일로 바라보는 시각에도 마찬가지 원리가 적용된다. 특별한 일에는 평범하거나 하기 싫은 일과 아직 경험하지 못했거나 모르고 있는 즐거운 일도 포함된다. 이는 즐겁고 좋은 일과 상황을 끌어당기고 이루는 긍정의 전환 공식이다. 또한 일상의 평범한 일들을 특별한 선물로 만들 수 있는 21세기 새로운 공식이다. 이러한 긍정과 부정이 아닌 긍정과 특별함으로 바라보는 새로운 시각은 성공적인 대인관계의 필수조건이다.

3) 감사와 교훈

내게 다가오는 크고 작은 모든 일을, 감사와 교훈 두 가지 방향으로만 생각하는 좋은 습관이다. 긍정적이거나 좋은 일은 감사로 받아들이고, 그렇지 않은 모든 일들에는 교훈이 담겨 있다고 생각하는 방식이다. 즉 상대의 마음에 안 드는 말이나 행동을, 내게 저렇게 하면 안 된다는 교훈을 가르쳐 주기 위해, 등장한 스승이나 훈련 조교로 받아들이는 것이다. 또한 실패와 역경 등도 발전의 장애물이 아니라, 디딤돌로 받아들이는 긍정의 전환 능력이다. 마음에 안 들거나 어려운 상황을 기회로 받아들이는 능력을 기르려면, 평소에 반복 연습과 훈련이 필요하다. 그런 일이 발생할 때마다 긍정으로 전환하는 마법의 도구인 '그럼에도 불구하고'를 떠올리는 것도 좋은 방법이다. 문제나 역경을 기회로 받아들이는 훌륭한 능력은, 어느 곳에서나 배울 점이나 장점을 찾는 특별한 경지에 이른 삶을 의미한다.

누구에게나 살다 보면 원하거나 마음에 들지 않는 상황이나 사람 그리고 역경과 실패 등이 다가올 것이다. 성공적이고 행복한 삶을 바란다면, 그럴 때를 대비해서, 미리 지혜롭게 받아들이고 처리하는 인풋과 아웃풋을 길러야 한다. 현재보다 더 나은 발전과 풍요의 삶을 원한다면, 누구나 앞서거나 다른 자기계발의 노력이 필요하다. 잠재 뇌는 반복해서 하는 생각이나 말과 행동은, 좋아하는 것으로 받아들이고 인정한다. 그러므로 일상에서 '그럼에도 불구하고'의 반복 연습과 훈련은, 긍정적인 상황과 미래를 끌어당겨 운명과 미래를 바꾸는 '21세기 마법의 도구'를 갖추는 위대한 도전이다.

하늘은 극복할 수 없는 역경은 주지 않는다고 한다. 내게 주어진 문제점이나 상황을 극복할수록, 더 발전과 풍요의 삶을 제공해 주고 싶어서, 사랑의 마음으로 보내 준다고 한다. 하지만 우리가 아직 하늘의 뜻을 모두 이해할 수는 없는 예외적인 경우도, 역사적으로나 현실적으로 발생하고 있다. 그리고 앞으로나 미래에도 마찬가지일 것이다. 상대나 세상의 마음에 들지 않거나 이해할 수 없는 각종 문제점조차도, 아직 진행 중인 창조주의 개인이나 지구 그리고 우주 발전 프로그램 중의 일부일 것이다. 그러므로 상대나 세상을 탓하는 것은, 그를 창조한 분이나 창조주의 프로그램을 비난하거나 불평하는 것과 마찬가지다. 언제든 다가오는 문제들을, 교훈이나 그럼에도 불구하고 극복해야 할 기회로 받아들이는 특별한 습관이, 운명과 미래를 극복하는 공식이다.

성공과 실패의 조건들

첫 만남이 성공적이었다면, 두 번째 만남부터는 그 연결을 계속 이어 가게 만들 수 있는 대인관계의 기술과 실력이 작용한다. 21

세기 4,5차 산업혁명의 위기와 기회의 경쟁시대에서, 글로벌 기회를 선택하려면 학습과 실천력이 필요하다.

〈1〉 관심과 집중 그리고 칭찬과 존중

관심은 친밀감의 거리이자 사랑의 훌륭한 표현법이다. 사람들은 누구나 나에게 관심이 있는 사람에게 우선적으로 친근감을 느끼게 된다. 즉 관심은 사람의 마음을 움직이기 시작하는 시동 키이다. "가장 훌륭한 사랑의 행위는 관심을 표하는 것이다"라는 마이크 앨런의 명언이 있다. 사람은 누구나 자기 자신이 가장 중요한 존재이다. 그렇기 때문에 자신의 꿈과 목표, 좋아하는 일과 취미, 지금 하고 있는 직업 등에 관하여 누군가가 관심을 가지고, 인정해 주는 사람을 좋아한다. 세련, 의상, 실력, 습관 등 상대의 변화와 발전에 관심을 표하는 것도 친밀해지는 조건이다. 나 다음으로 소중한 우선순위인 가족, 스승, 친구, 이웃 등 주변에 대한 관심도 효과가 있다. 사람은 누구나 나의 자존감을 높여 주는 사람을 특별한 인연으로 생각한다. 그러므로 만남이 지속되기를 바란다면, 대화의 주제를 상대가 바라는 것에 초점을 맞추고, 잘 들어주는 경청의 자세가 중요하다. 누군가 나에게 선의의 관심을 갖고 내 말에 집중하고 재미있어 한다면, 특별한 인연으로 발전될 확률

나를 변화시키는 습관의 황금키

이 높아진다.

　나의 장점을 발견하고 최대로 발전시켜 주는 사람을 만나는 것은, 내 인생 최대의 행운을 만나는 것이다. 칭찬과 존중은 상대를 기분 좋게 또는 편하게 만들어 서로의 마음을 열고 호감을 갖게 하는 황금키이다. 상대의 좋은 점이나 장점을 찾아서 칭찬하려는 자세로 임하면 언제나 좋은 결과를 얻게 된다. 또한 단점이나 부족한 점을 있는 그대로 받아들이고 존중하는 사람을 만나면, 몸과 마음이 치유되기 시작한다. 누구나 나를 인정해 주는 사람과 함께하고 싶어 한다. 그런데 상대가 칭찬과 존중을 하면, 그 인정받고 싶은 욕구가 충족되어 자긍심이 높아진다. 그리고 칭찬은 구체적인 설명을 할수록 효과가 높아지고, 가급적 그 일이 발생한 즉시에 할수록 좋다. 상대의 좋은 점을 찾고 기억하여 칭찬하다 보면, 칭찬대로의 장점이 커지고 단점이 줄어드는 발전과 풍요의 사람이 되어 간다. 칭찬의 진정성과 효율성을 높이려면, 상대의 기쁨이 나의 행복이고, 상대의 웃음이 나의 목표가 되는, 오늘 하루를 살아가면 된다.

〈2〉 고객 감동의 시대(특별한 정성과 배려)

'대접받고 싶은 대로, 상대를 먼저 대접하라'라는 명언이 있다.

사람은 누구나 특별히 기억되고 대접받는 사람이고 싶어 한다. 상대와의 특별한 인연을 유지하거나 아름다운 결실을 맺고 싶다면, 정성과 배려가 필요하다. '눈에서 멀어지면 마음에서도 멀어진다'는 격언이 있다. 특별한 인연을 맺고 싶다면 자주 만나거나 전화 또는 문자메시지라도 자주 해야 한다. 이름과 장점 그리고 특징이나 가족관계 등을 기억해 두어야 한다. 또한 명절이나 생일, 기념일 등에 만남과 선물 등을 정성껏 챙겨야 한다. 그에 더해 상대가 좋아하는 취미나 일, 꿈과 목표에 동참하기 등 진심으로 정성을 다했다면 좋은 결과와 인맥을 얻을 것이다. 공짜는 없다. 항상 남을 탓하지 않고, 좋은 일과 잘된 것이 '덕분입니다'라는 겸손한 존중과 친절한 배려가, 상대의 마음을 감동시키고 움직이게 한다. 언제든 나와 상대의 장점을 보려 하고 좋은 것을 기억하고 말하려는 긍정성이, 건강과 행복 그리고 성공을 이루는 공통의 제1조건이다.

내가 먼저 상대의 진정한 팬이 되는 것이, 성공적인 대인관계의 숨겨진 비법이다. 열성 팬일수록 단점을 찾거나 상대를 바꾸려 하기보다는, 장점에 더 열광한다. 상대의 기쁨이 나의 행복이요, 상대의 행복을 나의 성공으로 여긴다. 장점과 좋은 점을 주로 보고 기억하며, 단점은 문제가 아니라 앞으로 더 발전할 대상으로 여긴다. 이는 부모, 부부, 자녀, 스승, 친구, 고객 등 가깝고 중요한 사

나를 변화시키는 습관의 황금키

람일수록, 내가 먼저 더 열성도 높은 고정 팬이 되는 것이, 성공적인 대인관계의 관건이다. 21세기 글로벌 경쟁의 시대에 고객 감동의 능력을 이루려면, 자기 마케팅의 준비와 능력을 갖추어야 한다. 즉 상대에게 특별한 대접을 받고 있다는 좋은 느낌이나, 무언가 오래 기억에 남는 좋은 인상을 주는 것이다. 그러려면 우선 보통사람들보다, 기억에 남을 만큼의 '감사, 웃음, 칭찬, 인사, 친절' 등에서 앞서거나 다른 플러스 5%의 좋은 습관이나 인품을 갖추어야 한다. 그리고 상대의 건강과 행복을 위한 특별한 팁이나 비법을 제공하는 실력을 준비해야 한다. 21세기 글로벌 정보의 시대에서의 성공과 실패는, 배우고 익히는 학습능력에 달려 있다.

21세기 소비중심의 시대가 진행될수록, 소비의 주체인 여성의 역할과 비중이 커지고 있다. 결국 가정의 행복을 지키는 원칙과 성공의 조건인 고객 감동의 비법이 점점 더 같아지고 있다. 부족한 점이나 단점마저, 있는 그대로 존중과 배려를 받으면 더욱 감동이 커진다. 예상치 못한 특별한 배려를 받았거나 용서를 받았을 때, 사람은 누구나 감동을 받게 된다. 상대가 잘못해서 화를 낼 상황인데도 탓하지 않고, 오히려 '내가 한 번 더 확인해 주지 않아서 미안하다'고 하면, 상대는 감동을 받을 것이다. 또한 실수나 실패를 지적하기보다는, 오히려 '내가 그동안 더 챙기고 잘해 주지 못해 미안하다'고 먼저 반전의 용서를 구한다. '상대를 기쁘고 행복하게 해 주는 말과 행동을 실천하는, 오늘 하루!'를 내 삶의 영원한 좌우명으로 삼으면, 많은 꿈이 가능해진다.

〈3〉 대인관계 성공과 실패를 결정하는 조건들

1) 실패의 조건

사람은 누구나 나를 좋아하거나 칭찬하고 존중하는 사람, 만나면 도움이 되거나 즐겁거나 편안한 사람을 다시 만나고 싶어 한다. 그런데 그 반대인 지적, 비교, 근심걱정, 불평불만, 분노 등이 반복된다면, 점차 몸도 마음도 멀어져 갈 것이다. 잠재 뇌의 특성과 원리에 의해, 부정적인 말을 하는 사람이나 듣는 상대에게 모두 손해나는 마이너스 끌어당김을 가져오게 된다. 이러한 실패의 조건들은 상대를 믿어 주거나 존중하지 않는 부정의 결과물이기 때문이다. 긍정이든 부정이든 상관없이 듣는 사람에게 20~30%, 말하는 사람에게 70~80% 영향을 미친다. 지적받는 당사자는 그 일이 별로 잘못되지 않았다고 생각하고, 지적하는 사람은 문제라고 생각하기 때문이다. 근심걱정, 불평불만, 지적과 비난 등 부정적인 생각이나 말을 주로 하는 사람 주변에는, 그 파동에 동조하여 이끌리는 부정적인 사람, 일, 상황들이 끌어당겨진다. 그래서 운명은 자신이 스스로 알게 모르게 만들어 간다고 한다.

나를 변화시키는 **습관의 황금키**

우리가 하는 말은 하늘에 하는 기도이므로, 그대로 이루어지면 안 되는 말을 삼가야 한다. 가까운 사람일수록 걱정스러워 단점을 지적으로 고쳐 주려다 보면, 의도와는 달리 자존감과 자신감도 같이 잃게 되어, 걱정과 지적 받는 대로의 부정적인 사람이 되어 간다. 지적은 구체적이고 정확할수록 개선시키고자 하는 선의의 의도와는 달리, 상대를 두 번 죽이는 부정적인 효과가 발생하기 쉽다. 부정적인 사람은 긍정보다는 부정적으로 받아들이고 작용할 확률이 더 높기 때문에 주의해야 한다. 같은 원리로 칭찬과 믿음은 기대대로의 긍정의 사람을 만드는 플러스 작용을 한다. 지적과는 반대로 구체적이고 정확할수록 효과가 높아진다.

그러므로 서로에게 마이너스가 되는 부정적인 말과 행동은 항상 10% 이내로 줄이고, 칭찬과 믿음을 늘려야 한다. 부정은 부정으로는 해결되지 않는다. 긍정으로 개선될 뿐이다. 나와 상대의 단점을 줄이는 최고의 공식은, 부족함을 있는 그대로 받아들이고 존중하는 것이다. 그 긍정의 효과로 단점을 최소로 작아 보이게 만들어, 개선할 자신감과 가능성을 늘려 주는 방식이다. 스스로 해결책을 찾고 선택하고 실천 방식을 결정하는, 소크라테스의 산파술을 익혀 두면 도움이 된다.

생각하고 말하는 대로 운명이 흘러간다. 긍정의 단어와 문장으로 생각하고 말하는 좋은 습관이 필요하다. 평소에 자주 사용하는 감사, 칭찬, 친절 등 긍정의 생각과 말은, 그러한 좋은 상황과 사람을 끌어당긴다. 그리고 습관적으로 무심코 하는 근심걱정, 불평불만, 분노, 지적, 죄송 등 부정의 생각과 말은, 그러한 부정적인 일과 상황을 반복 지속시킨다. 그 밖에도 자기 자랑이나 과시 그리고 사람이나 세상에 대한 불평, 참견, 험담 특히 그 자리에 없거나 떠난 사람에 대한 험담이나 뒷담화 등은 대인관계 실패의 중대 조건들이다. 그중에서도 특히 기억해 두어야 하는 대인관계 실패의 3대 불변 원칙은 '참견하거나, 목소리를 높이거나, 화내면 지는 게임'이다.

2) 금기 사항

대화의 내용으로 올려서는 안 되는 몇 가지 금기사항을 알아 두어야 한다. 특히 중요한 금기사항의 우선순위는 종교, 정치, 사생활 등이다. 금기 사항에 관여하는 것은 대부분의 경우에, 원치 않는 부정적인 결과를 가져올 확률이 높다. 첫 번째 금기는 특히 종교적인 믿음은 개인적인 것이므로, 서로 건드리지 말아야 하는 불가침의 영역이다. 같은 종교 안에서도 창조주 하늘에 이르는 방향은 같을 수 있으나, 기도와 용서의 방식과 내용은 각자 모두 다르다. 두 번째는 정치적 신념도 자신이 옳다고 주장할수록, 그 갈등의 골이 깊어질 뿐이다. 그러므로 종교와 정치는 특별한 경우를 제외하고는, 각자의 길을 존중하는 것이지, 화제나 논쟁의 대상이 되어서는 안 된다. 이 두 가지는 개인이나 사회를 넘어 인류 역사적으로도, 가장 큰 갈등과 불화 그리고 분쟁과 전쟁 등을 초래해 왔다.

세 번째는 개인적인 사생활일 경우에 서로의 영역을 정도 이상으로 침범하는 실례를 범해서는 안 된다. 누구나 공개하고 싶지 않은 사적인 일이나 비밀의 방이 있을 것이다. 그리고 떠올리고 싶지 않은 기억, 슬픔, 분노, 실패, 아픔, 단점, 실수 등에 있어서, 원치 않는 질문이나 지적 등 침범을 받으면 싫을 것이다. 사람은 누구나 감추고 싶은 비밀의 방이 있다. 그 비밀의 방은, 그가 공개하거나 원하기 전에는 보아도 안 본 것처럼, 들어도 안 들은 것처럼, 알아도 모르는 것처럼 지낼 수 있는 처세와 지혜가 필요하다. 참견하거나 밖으로 꺼내 드러낼수록, 서로 간의 갈등과 불신 그리고 다툼과 감정의 골짜기가 깊어진다. 그러므로 가깝고 소중한 친한 사이일수록 더 존중하고 주의해야 할 일들을, 알게 모르게 상대에게 무심코 행하고 있지 않은가 주의해야 한다.

3) 성공 실천의 조건들

오늘 하루의 행위가 운명과 미래를 결정한다. 오늘 하루 성공적인 대인관계를 즐겁게 실천하는 1일 3선의 원칙이 있다. 그것은 첫째 '내가 먼저 웃으며 인사하기', 둘째 '내가 먼저 감사와 칭찬의 말 전하기', 셋째 '그럼에도 불구하고, 화낼 일 참고 용서하기'를 실천하는 것이다. 언제든 내가 먼저 즐겁게 실천하는 것이, 나와 내 주변과 세상을 밝고 선하고 아름답게 만드는 관건이다. 매일 하루 동안에 세 가지 선행을 한다는 보람찬 생각으로, 지속적으로 실천하다 보면, '감사, 웃음, 칭찬, 인사, 친절, 용서…' 등의 성공과 행복의 좋은 습관들이 저절로 습득되어 갈 것이다. '시작은 미약하지만, 끝은 창대하리라'라는 명언은, 삶의 많은 부분에 적용되고 있다.

긍정의 언어 습관 생활 실천법인 '부드럽고 친절한 미소와 말투, 품격 있고 존중하는 태도와 목소리로 실천'하면 더욱 효과가 높아진다. 그중에서 일상에서 자주 사용하는 밝고 친절한 '예' 소리는 현재와 미래의 건강과 행복 에너지를 끌어당긴다. '예'라는 마법의 단어는, 그 사람의 활력 에너지와 삶의 모든 좋은 것을 끌어당기는 긍정의 에너지의 간접 측정법이다. 그리고 상대의 마음을 고려하는 배려와 겸손의 '아니요'에는, 거절하는 사람의 교양과 인품이 들어 있다. '아니요'의 실력에는, 상대를 있는 그대로 존중하는 인품과 '마법의 삶과 기적의 치유의 관문'인 '그럼에도 불구하고'가 들어 있다. 그에 더해 행운의 여신을 미소 짓게 하는, '매사에 감사하는 기쁨과, 모두가 잘되기를 바라는 좋은 감정'을 첨가한다면 금

상첨화이다. 그러다 보면 어느새 꿈과 목표를 이룬, 앞서거나 다른 최상위 5%의 경지에 도달해 있을 것이다.

누구나 성공과 행복 그리고 건강 등에서 현재보다 또는 다른 사람들보다 조금 '더' 나아지기를 바란다. 그렇다면 '더' 나아지기를 바라는 만큼, 그만큼 '더' 준비하고 갖추어야 할 습관이나 실력도 필요하다. 그 한두 가지 습관이나 실력에서 '더' 나아지려는 노력과 도전이 그 목표를 가능하게 할 것이다. 그리고 누구나 자신의 '더' 나은 삶을 위해 지금보다 조금 더 감사하고, 친절하고, 웃을 수 있는 능력을 갖고 있다. 그 약간의 생각과 실천의 차이에 의해, 운명과 미래를 결정하는, 앞서거나 다른 플러스 습관과 실력으로 발전하게 될 것이다. '더' 나아지는 것은 거듭나는 것이다. 이번 생에 우리의 영혼은 '더 발전'하기 위해 태어난다고 한다. 이번 생에 태어난 목표인 영혼의 '더 발전'이란, 유전적인 태어남과 자람에서 즉 현재의 자신의 각종 한계의 벽을 넘어, 한 번 더 발전하는 거듭나기 관문을 통과하는 것을 의미한다.

21세기 소크라테스 대화법

사람은 누구나 발전과 풍요의 향기를 좋아한다. 내가 먼저 바꾸어야 내게로 다가오는 사람과 상황이 바뀐다. 가장 중요한 대인관계는 나 자신 그리고 부모와 스승, 위대한 멘토와 신 등과의 성공적인 관계이다. 인생은 모르는 사람에겐 비극이고, 아는 사람에게는 희극이라 한다.

〈1〉 자기 자신에 대한 평가와 관계 개선

사람에게는 누구나 자기 자신이 가장 중요하고 소중한 사람이다. 사람은 누구나 사랑받고 행복하기 위해 태어났고, 누구든 세상에서 단 하나밖에 없는 가치 있는 존재라는 사실을 깨닫고 있어야 한다. 자신의 삶과의 대화 습관은, 생각하며 살아가는 삶, 즉 자신의 삶의 주인공으로 살아가는 비결이다. 이번 생에 '왜, 무엇을 하러 왔는가?', '어떻게 살고 싶은가?', '지금은 어디쯤 가고 있는가?' 등을 자신에게 물어야 한다. 성공적인 삶을 살아가려면, 꿈과 목표에 대한 현 위치와 방향, 속도, 목표점 등을 항상 점검하고, 한 장('내 일생의 보물지도')의 이미지 영상으로 관리하는 좋은 습관이 필요하다. 아침마다 자기긍정의 확언으로 시작하고, 잠들기 전 오늘 하루의 실천 목표에 대한 평가와 확인 점검하는 습관도 필요하다. 현재 삶의 대부분은 자신이 과거에 선택한 결과물이고, 운명은 스스로 만들어 가고 있다. 긍정과 부정 그리고 플러스와 마이너스

나를 변화시키는 습관의 황금키

삶의 결정도, 자신이 그쪽을 더 좋아했기에 선택된 것이다.

나 자신의 스스로의 평가가 중요하다. 내가 나 자신에 대하여 평가하고 있는 자존감의 크기에 따라, 상대가 그것을 느끼게 되고 그에 맞추어 나를 대하게 된다. 내 삶에 대한 자기 신뢰와 믿음으로 무엇이든 할 수 있다는 자신감을 길러야 한다. 그러려면 자신을 진정으로 사랑하고 존중하는 자존감이 필요하다. 그 자존감과 자신감의 높이는 주변의 평가와 자신의 경험들을 종합하여, 스스로 결정한 것이다. 또한 내가 생각하는 나의 가치와 존중감에 따라 말과 행동을 하게 되고, 그에 걸맞은 상대나 상황 그리고 배우자 등이 끌어당겨진다. 내가 믿고 있지 않는 일은, 내 삶에서 이루어지지 않는다. 우리의 잠재 뇌는 자신의 믿음과 긍정성 그리고 평소에 자주하는 말과 생각 등에 따라, 그 방향으로 자신의 운명과 미래를 인도하는 특성이 있다.

21세기 성공과 행복 그리고 건강과 행운 게임도 자신과의 질문과 대답을 통해 수시로 체크하고 관리해야 한다. 현재 스스로 믿고 있는 자신의 건강과 행복 그리고 행운 지수에 대한 평가도, 삶에 그대로 반영된다. 자신의 성공 지수를 높이려면, 꿈과 목표에 따른 미래의 성공 이미지와 부자와 돈 그리고 시대와 세상에 대한 긍정적인 관계 설정이 필요하다. 평소에 아무 생각 없이 하고 있는 부자와 돈 그리고 시대와 세상 등에 대한 불평불만 습관은, 나는 그러한 성공 요소들을 싫다고 잠재 뇌에 지시하는 것으로, 그러한 말대로의 부정의 현실이 끌어당겨진다. 일생동안 계속되는 자신과의 질문과 대답 그리고 평가 속에 발전과 풍요의 삶의 열쇠가 숨겨져 있다. 매일 함께하는 가장 소중하고 귀한 친구인 자신의 몸과 마음 그리고 영혼과의 관계 설정과 대화 습관 즉 자신과의 성공적인 대인관계는 무엇보다도 중요한 일이다. 성공적인 대인관계의 시작은 항상 자기 자신에 대한 평가와 관계 개선으로부터 출발한다.

내가 먼저 바뀌어야, 다가오는 사람과 일 그리고 상황과 주변이 달라진다. 학습과 배움 등 자기계발을 통해 자신의 가치를 높여 나가야 한다. 누구나 자신에게 도움이 되거나 즐겁거나 배울 점이 있는 사람과 지속적인 관계를 맺고 싶어 한다. 그리고 부와 성공 그리고 봉사와 나눔 등 발전과 풍요의 향기를 풍기는 사람과 장소를 좋아한다. 삶의 거듭나기를 통과한 프로 너머의 프로란, '베스트 원', '온리 원', '그럼에도 불구하고' 그룹에 가입한 자신의 영웅적 자질을 깨운 사람들이다. 이러한 명품 실력과 멘토 주위에는, 항상 배우고 본받으려는 사람들이 모여들고 특별한 인연을 쌓아 간다. 내가 아직 넘지 못한 습관과 한계의 벽을 돌파한 특별한 영웅과 전설에게 존경과 감사 등 마음과 감정이 끌린다.

나를 변화시키는 습관의 황금키

〈2〉 사랑의 그릇과 3대 사랑축

사람은 누구나 가정과 학교 그리고 직업과 사회와의 관계를 통해 성장하고 발전한다. 21세기 삶은 영웅과 전설 게임이다. 누구나 잠재 뇌에 잠들어 있는 영웅적 자질을 깨워, '마법의 삶과 기적의 치유'를 이룰 수 있다. 일생은 자신과 가문의 영광을 지나, 분야별 영웅과 전설을 넘어, 국가와 인류의 반열에 오르는 게임이다. 그리고 삶의 모든 좋은 것들을 끌어당기고 이루는 사랑의 그릇은 3대 사랑축 구조로 되어 있다. 그 사랑의 그릇의 크기와 범위에 따라, 처음부터 꿈과 목표의 크기도 달라지고, 이루는 속도와 범위도 달라진다. 그 3개의 사랑축은 사랑의 그릇의 크기와 깊이 그리고 빛과 향기를 결정하는 요소이다. 그 3대 사랑축은 일생의 건강과 행복 그리고 발전과 풍요를 결정하는 핵심 요소이다. 그러므로 지금보다 더 나은 삶의 질과 계단을 원한다면, 어느 한쪽 사랑축의 높이가 부족한지를 점검해서 바로 세워야 한다.

첫 번째 사랑축은 부모, 부부, 자녀 등 가정에서의 사랑과 감사의 사랑축이다. 그중에서도 부모와의 관계가 중요하다. 부모에 대한 사랑과 감사는 모든 것의 근본이다. 나로부터 부모의 부모를 모두 더하면, 친가 외가의 모든 조상을 포함하여 그 끝은 창조주까지 이어진다. 즉 부모와의 사랑과 감사의 관계의 긍정성은 그 사람의 긍정의 힘을 결정한다. 부모에 대한 평가가 나쁠수록 긍정이 줄고 부정의 에너지가 커진다. 자신의 뿌리이자 원천에 대한 부정성은, 자신과 세상에 대한 믿음성 결핍과 자존감과 자신감 부족으로 이어지기 때문이다. 부모와 자녀의 가장 바람직한 관계 설정에서, 자녀는 부모의 장점과 좋은 점은 본받고, 단점이나 부족한 점은 있는 그대로 존중하거나, 앞으로 가문의 발전을 위해 더 개선시키거나 역전시키겠다는 '그럼에도 불구하고 교훈'을 배워야 한다. 부모는 지속적인 칭찬과 믿음으로, 자존감과 자신감을 길러 주고, 부모가 먼저 습관과 인품이 발전하여 긍정 에너지와 거듭나기를 보여 주어야 한다. 보이는 부모와의 사랑과 감사 그리고 믿음의 1차적인 관계 설정에 실패한다면, 보이지 않는 조상이나 가문 그리고 그 너머의 우주 만물과 창조주에 대한 긍정적인 관계설정도 어려울 것이다. 부모와의 사랑축의 개선과 발전은 그 가문의 건강과 행복의 사랑축으로, 훗날 자신의 가정을 이루었을 때 배우자나 자녀와의 관계설정으로 이어지므로 더욱 중요한 의미를 갖는다. 어쩌면 배우자와 자녀는 가장 가까우면서도 가장 힘든 대인관계의 큰 산이다.

두 번째 사랑축은 학교나 일에서 스승이나 전문가, 선후배와 동료 등과의 존경과 존중의 관계이다. 특히 존경하는 스승이나 멘토와의 대인관계가 없다면 발전과 성숙도 그만큼 늦어진다. 또한 학

🅜 나를 변화시키는 습관의 황금키

습과 배움의 높이와 깊이가 부족해진다. 학습과 배움의 능력은, 21세기 정보의 홍수 시대에 성공 프로에 도착하는 지름길이다. 스승과의 바람직한 관계설정은, 장점이나 가르침은 본받고 배우려 하고, 단점이나 싫은 점은 앞으로 살아가며 피해야 할 대인관계 주의 사항을 훈련 받고 있다는, '그럼에도 불구하고 감사'의 발전적인 자세로 접근해야 한다. 스승은 부모와 마찬가지 방식으로 변함없는 기대와 칭찬으로 장점과 실력을 발전시켜야 한다. 그리고 습관과 인품, 발전과 풍요의 플러스 공식과 비법을 가르치기보다는 보여 주려 하고, 더 나아가 거듭나기를 통한 감동을 줄 수 있어야 한다. 고객 감동 시대의 성공과 실패는, 나를 좋게 생각하는 20% 사람들과의 특별한 관계보다 보통이거나 싫은 사람 80%와의 대인관계에 달려 있다. 스승과의 관계가 부정적인 사람이, 주변의 동료나 선후배 그리고 고객과의 바람직한 존중과 겸손의 대인관계를 맺기는 어려운 일이다. 가정이나 직업에서의 존중과 겸손의 대인관계는, 성공적이고 행복한 삶의 필수 조건이다. 만일 부모와 스승을 부정적으로 평가하고 말한다면, 그들에게서 배우고 만들어진 현재의 자신과 미래에 대해 부정의 평가와 주문을 하는 것이다. 하늘은 부모와의 사랑축에 건강과 행복의 긍정 에너지를, 스승과의 사랑축에는 발전과 풍요의 성공 에너지를 심어 놓으셨다.

세 번째 사랑축은 성인이나 위인, 영웅이나 전설 등과의 최상급 칭찬과 감동의 관계이다. 그들은 분야별 베스트 원이나 온리 원 그룹에 오르거나 또는 힘든 역경이나 실패를 극복한 그럼에도 불구하고를 해낸 훌륭한 사람들이다. 또는 인류에게 자연과 우주의 법칙과 삶의 진리를 알렸거나, 특별한 봉사나 나눔을 실천한 위대한 인물들이다. 이러한 좋아하거나 본받고 싶은 삶의 큰 스승이나 멘토가 없다면, 자신이 영웅과 전설의 명품 단계에 오를 가능성도 줄어든다. 혼자만의 노력으로 삶의 울타리를 넘어서는 거듭나거나, 알아차림과 깨우침의 단계에 이르기는 쉽지 않은 일이기 때문이다. 다수의 좋아하거나 존경하는 스승과 멘토를 둘수록, 그분들의 가르침과 장점들을 다양하게 배워 나가, 자신의 삶의 문제 해결이나 발전에 활용할 수 있다. 또한 다양한 장점들의 종합 발전으로, 새로운 사고력과 창조력이 무한대로 성장한다. 만유인력의 법칙을 발견한 뉴턴은 자신의 성공은, 그 이전의 훌륭한 거인들의 어깨에 올라탔기 때문이라 했다. 이처럼 대다수의 경우에 혼자보다 함께하는 사람이, 몇 배의 에너지와 성과를 얻을 수 있다. 사람은 누구나 명품이 될 수 있고, 명품을 만들어 낼 수 있다. 21세기 글로벌 위기와 경쟁의 시대를 돌파하는 데는 그 국가의 영웅과 전설의 탄생과 글로벌 명품을 얼마나 만들어 내느냐에 달려 있다. 21세기 영웅과 전설 게임과 글로벌 명품화는 개인이나 국가 모두에게 4차, 5차 산업혁명의 고용의 위기 시대를 극복하는 최상의 경쟁력이자 대비책이 될 것이다. 누구나 바라는 행운이라는 선물은, 항상 최상급 칭찬과 감동이 넘치는 향기롭고 빛나는 사람과 장소에 배달된다.

이처럼 부모나 스승 그리고 위대한 멘토와의 대인관계인 3대 사랑축 형성은, 알게 모르게 내 삶의 모든 곳에 연결되어 있다. 그 밖에도 자연과 우주 만물 또는 자신이 믿는 신과의 관계 설정도 삶에 지대한 영향을 미친다. 내게 다가오는 사람, 상황, 일 등은 모두 나 자신의 끌어당김 에너지의 파동과 연관되어 있다. 지금보다 더 발전하고 싶거나, 최선을 다하는데도 항상 반복되는 문제가 발생한다면, 우선 내 주변의 사람과 상황을 잘 점검해 보는 통찰력과 지혜가 필요하다. 삶의 진리와 자연과 우주의 법칙은 뿌린 대로 거두는, 원인과 결과의 법칙으로 움직인다.

〈3〉 소크라테스 산파술과 21세기 플러스 공식과 비법

급변하는 불확실성의 시대가 깊어질수록 미래에 대한 불안과 두려움이 늘어 가고 있다. 그래서 부모나 주변의 근심걱정, 지적, 다툼, 충고 등은 점점 더 많아지고 있다. 소크라테스의 방식과 플러스 공식 그리고 소통과 공감의 공식과 조건들을 사용한다면, 성공과 행복의 길을 찾는 데 도움이 될 것이다.

1) 소크라테스의 21세기 적용법

세계 5대 성인의 한 사람이라고 불리는 소크라테스는 질문과 대화를 통해 상대가 스스로의 문제를 해결하고, 학습하고 깨우치는 방법으로 유명하다. 그것을 소크라테스의 산파술이라고 한다. 가르치는 것은 두 배로 배우는 것이라 한다. 공자님이 글을 통해 제자들을 가르치며 깨달으셨듯이, 소크라테스는 수많은 사람과의 대화를 통하여 삶을 깨달아 갔다. 소크라테스 산파술의 가장 기본 원리는, 상대가 스스로 원하는 해답을 찾게 하는 질문과 대화를 계속해 나가는 방식이다. 이 방식에는 스스로 해답을 찾도록 인도하는 질문력과 내 자신이 그 일에 대해 답을 주지 않는 인내심이 필요하다. 이 방식의 실천 원칙은 소크라테스의 명언 '나는 모른다는 것을 알고 있다'라는 겸손한 자세로의 접근법이다. 그 겸손과 질문력은, 있는 그대로 존중하는 실력과 인품으로 발전했고, 위대한 삶의 진리를 깨우치게 하여, 그를 성인의 반열에 오르게 했다. 21세기 나와 상대에 대한 질문력은, 정보의 홍수 시대에서 학습과 배움의 최대의 지혜이자 경쟁력이다.

그 위대한 삶의 진리는, 21세기에도 많은 참고와 적용이 되고, 훌륭한 대인관계법으로도 활용 가능하다. 대다수의 사람들은 스스로 자신의 문제에 대한 해답을 찾고 싶어 한다. 그러므로 상대가 알고 싶은 문제에 대한 조언이나 충고를 요청받았을 때, 본인

나를 변화시키는 습관의 황금키

스스로 답을 찾을 수 있도록 유도하는 방식인 소크라테스식 질문 대화법이 필요하다. 고민을 상담해 오는 상대일지라도, 실은 해답보다는 자신의 생각의 해결책을 확인해 보거나 들어 달라는 의미일 때가 많다. 설사 내 해결책을 기대했더라도, 나와 생각이나 실천 습관과 다른 그에게서 같은 효과를 내기는 어렵다. 그래서 문제 해결이나 발전을 위해 진심으로 가르침을 원하는 간절한 자세가 되어 있는 경우가 아니라면, 내 조언이나 지적을 앞세우는 것은 금물이다. 상대가 원하는 것을 존중하고 스스로 선택하고 결정하는 것을 돕는 우회 방식의 선택이, 그를 가장 빠르게 변화시키고, 내가 원하는 방향으로 개선시키는 비법이다. 일상생활에서 자주 사용되는, '소크라테스의 21세기 적용법' 세 가지 예를 들어 보았다. 이 세 가지 적용법을 일상에서 적절히 잘 활용한다면, 성공적인 대인관계 실력이 놀라운 속도로 발전할 것이다.

소크라테스의 21세기 적용법

1. 칭찬과 질문
무슨 일이야? → 너는 어떻게 생각하는데? → (그래!) → 그러면 어떻게 할 예정인데? → (좋은데!) → 그래서 무얼 준비했니? → (대단하네!) → 언제부터 시작하니? → 열심히 해 봐! 잘될 거야! (믿음과 칭찬의 말은 언제든 좋은 결과를 끌어당긴다.)

2. 문제와 질문

무엇이 문제인가요? (상대의 말을 통해 문제의 상황을 파악) → 어떻게 해결되기를 원하나요? (상대의 해결 방안을 경청) → 그렇게 되는 데 무슨 문제라도 있나요? → 그럼 그 문제는 어떻게 해결되기를 바라나요? (상대의 최종 생각과 방향 질문, 나는 잘 모른다는 자세로 접근) → 그렇다면 앞으로 어떻게 해 나갈 생각인지요? (진행과 실천 방향 질문과 경청) → 혹시 내가 할 일이나, 도울 일은 없나요? (실패하더라도 배우면 되고, 조금씩 개선하고 발전하게 된다.) → 잘되기를 바랍니다.

3. 선택과 질문

'A와 B 중 어느 편을 원하십니까?'(일상에서 음식, 영화, 여행, 취미, 계획 등 각종 다양한 선택의 기회가 있을 때, 미리 그중 내가 원하는 두 가지를 뽑아서 질문한다. 그 두 가지 중 어느 쪽 선택이든 괜찮은 경우는 상대의 선택에 맡긴다. 만일 내가 더 원하는 편이 있을 때는, 약간의 추가 설명을 한다.) → '그런데 A와 B는 이런 장점이 있습니다. 어느 쪽이 더 마음에 드십니까?' (이때 둘 다 장점을 추가하되, 원하는 쪽의 유리한 점을 조금 더 부각시킨다.) → '그럼, 그렇게 합시다.' (두 가지 선택 모두 내가 원하는 방향이지만, 그중 내가 더 바라는 방향으로 결정될 확률이 높아진다. 상대에게 최종 결정권을 넘겨주어 스스로 결정한 것이므로, 좋은 관계와 결과로 진행될 가능성이 높다.)

나를 변화시키는 습관의 황금키

2) 세 가지 소원과 꿈과 장점

세 가지 소원과 꿈을 묻는 동화 같은 방법인데, 의외로 상대가 마음속으로 진정 원하는 것이 어떤 방향인지를 알아보는 효과가 강력하다. 긴장을 완화하고 대화 분위기를 부드럽게 전환시키는 효과가 있다. 그런데 상대와의 관계와 전체적인 분위기와 상황을 잘 고려해서, 적절한 시기에 시도하는 지혜가 필요하다. 상대가 원하는 방식으로 해결책과 대화의 진행은 성공적인 대인관계의 공식이자 비법이다. 또한 상대와 이러한 내면의 깊이가 있는 동화적인 대화를 나누다 보면, 상대에 대한 정보와 통찰과 더불어 서로 더 친근감을 느끼게 된다. 장점이나 좋아하거나 관심이 있는 특별한 사항들에 대한 질문과 대화는, 서로의 발전이나 성공적인 대인관계에 도움이 된다.

그런데 이러한 질문과 대화를 시작하기 전 필수 조건이 있다. 나 자신에게 먼저 세 가지 소원과 꿈과 장단점 등을 묻고 진지한 내면의 대화를 나눈 후 직접 적어 보고, 소원과 꿈이 이루어진 미래를 동화처럼 이미지 영상으로 그려 본 경험이다. 그래야 상대의 소원과 꿈과 특별한 사항들에 대한 소통과 공감의 멋진 대화가 가능해진다. 그리고 나 자신의 소원과 꿈도, 상대와의 즐거운 대화를 통해 배우고 자라, 어느새 높고 푸르게 발전하게 된다.

◇ 세 가지 소원

① 만일, 알라딘 요술 램프의 거인 '지니'나, 하늘의 소원천사가, 한 가지 소원을 들어 준다면, 무엇을 원하나요?
② 소원을 하나 더 들어 준다면?
③ 특별히 좋은 분이라, 보너스로 한 가지 선물을 더 준다면?

첫 질문에 대다수가 평소 생각대로 순간적으로 대답할 것이다. 그런데 처음에는 본심을 망설일 수 있다. 그럴 때 두 번째 질문을 하면, 상대가 마음속에 품고 중요시하고 있는 우선순위나, 추구하는 방향성이 드러난다. 만일 상대가 이런 이야기를 재미있어 하거나, 추가 정보를 얻고 싶을 경우는, 한 가지 더 보너스 선물을 준다. 앞선 두 가지 소원과 보너스 선물까지 들으면, 그 사람에 대한 많은 정보가 담겨 있다. 상대가 원하는 것을 파악하여, 그가 선호하는 방식으로 문제 해결이나 도움을 줄 수 있다.

◇ 세 가지 꿈

① 어린 시절, 첫 번째 꿈은 무엇이었나요?
② 학창 시절의 꿈과 목표는?
③ 현재나 앞으로의 꿈과 계획은?

상황과 필요에 따라서는 소원과 꿈의 순서를 바꿔 질문한다. 두 가지를 참고한다면, 상대를 파악하고 대처하는 플러스 공식을 갖추게 될 것이다. 이러한 질문법은 상대뿐만이 아니라, 나 자신에게도 '내 삶이 무엇을 향해, 어디쯤 가고 있는지?', '소원과 꿈은 무엇인지?'를 가끔씩 물어보아야 한다.

◇ 세 가지 장점

---

① 자신의 가장 큰 장점이나 좋은 점은 무엇이라 생각하나요?
② 또 한 가지 장점이나 좋은 점이 있다면?
③ 혹시 개선하고 싶거나 갖추고 싶은 장점이 있다면?

서로에게 유익한 대화는, 성공적인 대인관계에 도움이 된다. 장점이나 좋은 점을 좋아하는 음식, 멘토, 취미, 책 등으로 바꾸어도 된다.

3) 21세기, 소통과 공감의 공식과 조건들

(1) 부드러운 부탁과 친절

지적과 충고의 말보다 부드러운 부탁과 친절의 방식은 상대의 마음을 움직여 변화를 수용하게 하는 특별한 단어이다. 상대를 존중하는 부드럽고 친절한 미소와 말투는 공감과 소통의 최우선 조건이다. 성공적인 대인관계에서의 부탁이란 단어의 사용법은, 상대에게 물건이나 무엇을 달라는 부담을 주거나, 무슨 일을 실천하기를 강요하거나 가르치는 것이 아닌, 스스로 좋은 선택을 바란다는 부드러운 권장의 말을 뜻한다. 즉 최종 선택과 결정의 키를 모두 상대의 자유의지에 넘기는 것을 의미한다. 이런 의미의 친절한 부탁은, 21세기 글로벌 정보화 시대에 필요한 상하좌우와의 소통과 공감의 단어이다. 사람들은 제각기 자신만의 방식으로 세상을 받아들이고 처리하는 습관을 가지고 있다. 그런데 다른 사람으로부터 지적, 충고, 가르침 등을 받게 되면, 일단 수용하기보다는 거부감이 먼저 생긴다. 그리고 일단 수용한다 해도 자신의 방식과 비교하여 다를 경우에는, 거의 행동으로 옮기지 않는 편이다.

좋은 스승은 말로 가르치고, 뛰어난 스승은 솔선수범하여 모범을 보이고, 훌륭한 스승은 감동을 준다. 상대가 바뀌지 않는 것이 아니라, 내가 아직 상대를 잘 모르거나 그를 바꾸는 법을 모르는 것이다. 만일 부드럽고 친절한 말을 해서 고칠 수 없다면, 큰 소리나 거친 말투 또는 지적이나 강요로는 더욱 개선되지 않는다. 원치 않는 지적과 참견은 언제나 문제와 갈등의 원인이자 시작점이다. 그런데 문제를 계속 참견하고 지적하면 개선될 줄 아는 잘못된 선택 때문에, 서로 간의 갈등과 거부감만 깊어지게 된다. 잠재뇌의 원리와 특성에 의해, 습관은 스스로 좋아해서 만든 것이고, 자신이 스스로 인정하고 원해야만 수정이나 삭제가 가능하다. 그러므로 상대가 스스로 받아들일 수 있는 가능성을 열어 놓는, 부드러운 부탁의 말로 친절하게 전하는 것이 최선의 방식이다. 그러면 거부감이나 부담이 적어진다. 상대가 나를 가르치거나 강요한다는 느낌이 줄어, 스스로 선택한 것 같은 성취감도 발생한다. 항상 최소 관여, 최대 효과가 최상의 결과이다. 특히 말이나 글에서 마지막 부분에 '부탁합니다' 또는 '바랍니다' 등을 사용하면, 상대를 존중하는 느낌을 주게 된다. 어려웠던 문제나 불편했던 관계가 개선될 가능성이 높아진다.

(2) 질문의 우선순위

21세기는 소통과 공감의 필요성이 강조되고 있다. 혼자서 선택하기에는 정보의 홍수 시대이고, 배우고 학습할 일이 너무나 많은 시대이다. 그래서 서로서로 도움이 되는 친구나 선후배 또는 멘토가 필요한 시대이다. 소통과 공감의 바람직한 대인관계를 맺기 위해서는, 질문의 우선순위 세 가지를 알고 있어야 한다. 그중 첫 번째는 꿈과 목표와 실천계획에 대한 질문이다. 상대가 목표로 하는 것과 실천 계획에 대한 질문을 한다면, 상대는 열과 성을 다해 설명해 줄 것이다. 그리고 그만큼 더 가까워질 것이다. 두 번째는 잘하거나 좋아하는 것에 대한 질문이다. 상대의 장점이나 전문 분야 또는 그 사람이 갖춘 실력이나 좋아하는 취미에 대한 질문을 한다면, 상대와 조금 더 특별한 관계가 될 것이다. 셋째는 상대에게 중요하거나 필요한 그리고 원하는 것에 대한 질문이다. 누구에게나 가장 중요한 사람은 자기 자신이다. 그리고 상대에게 필요한 것은, 당사자에게 직접 묻거나 말하지 않으면 누구도 모른다. 또한 내가 좋아하거나 편한 방식이 아니라, 그가 원하는 방식으로 잘해 주어야 소통과 공감이 원활해진다. 언제든 상대에게 필요한 21세기 최신 정보와 팁을 준비하고 대화로 올린다면, 내 말에 귀를 기울일 것이다. 또한 사람들은 성공과 행복의 팁이나 건강과 행운이 따르는 특별한 비법과 공식에 관심이 많다. 특별히 친밀한 관계라면 가족에 대한 근황에 대해서 관심을 갖고 묻거나 챙겨 준다면, 감동을 받게 된다. 특히 모든 부모는 자녀가 자신보다 잘 살아가기를 바란다. 그래서 자녀의 미래에 도움이 되는 정보나 기회를 제공하는 것은, 특별한 인연이 되는 지름길이다.

그 밖에도 삶의 학교에서 알고 싶은 사항이나 배우고자 하는 '질문'은 한 번의 용기로 영원한 무지와 바보가 되는 것을 막아 준다. 21세기 경쟁과 학습의 시대에 '질문'은 자신의 가치와 매력을 올리는 최고의 비법이자, 전문가로 인정받는 시간과 높이를 결정하는 공식이다. 소크라테스는 나와 상대 그리고 세상에 대한 끊임없이 하는 질문력으로 삶의 진리를 깨우쳐 가고, 질문의 대화력으로 상대가 스스로 깨우치고 문제를 해결하도록 도왔다. 21세기에도 적용되는, 위대한 소통과 공감의 공식이다.

(3) 협조와 도움 그리고 거절

상대와 특별한 관계를 맺게 하는 몇 가지 조건 중에, 협조와 도움을 구하는 방식이 있다. 사람은 누구나 협조와 도움을 준 사람에게 또다시 봉사와 나눔을 실천하고 싶은 심리학적 공식이 있다. 상대로 하여금 협조하거나 도와줌으로써 성취감과 보람을 느낄 수 있게 만들어 주는 것은, 소통과 공감의 특별한 방식이다. 이때 중요한 것은 상대에게 부담이 안 되는 작은 협조나 도움을 청하는 것이다. 처음부터 큰 부탁이나 싫어할 수 있는 도움을 청하는 것은 피해야 하며, 상대가 언제든 거절할 수 있는 자유를 허용해야 한다. 그리고 상대가 거절하더라도, 처음부터 부탁하지 않은 것처럼 관계가 유지될 수 있어야 한다. 그리고 개인적으로도 '노'라고 말할 수 있는 거절의 능력은, 건강하고 행복한 삶의 필수 조건이다. 한 번 거절의 용기를 내지 못해서, 그 후 많은 날을 불안과 걱정을 안고 살아가는 경우가 많다. 그래서 마지못해 억지로 하는 '예스'보다는, 용기 있는 한 번의 '노'를 선택하는 편이 지혜로운 일이다. 하지만 정중하고 부드럽게 거절하는 예의를 지켜서, 부탁하는 사람의 마음을 상하지 않게 배려해야 한다.

그리고 협조와 도움을 청하는 사람이 반드시 지켜야 할 조건이 있다. 내게 협조와 도움을 청하는 자유가 있듯이, 상대의 거절할 수 있는 자유도 인정되어야 한다. 그가 거절을 했더라도, 그런 부탁의 말을 할 수 있는 상대였다는 것만으로도 감사할 수 있어야, 올바른 소통과 공감의 자세라 할 수 있다. 그리고 협조와 도움에 대한 감사의 말과 더불어 더 나아지고 발전된 행동과 삶의 모습을 보여야 한다. 또한 훗날 다른 어렵거나 필요한 사람에게 봉사나 도움으로 갚는다는 자세가 필요하다. 그러한 훌륭한 자세로 보답

하면, 돕는 사람도 보람을 느끼게 된다. 그리고 더 큰 봉사와 나눔이 이웃과 사회에 전파되는 계기가 될 수 있다. 봉사와 도움은 금전, 물건, 청소, 일 등 물질이나 몸으로 실천하는 것도 있지만, '감사, 웃음 칭찬, 인사, 친절…' 등 좋은 습관과 마음을 키워, 이웃에 전하는 것도 훌륭한 봉사이자 나눔의 실천이다.

(4) 지속적인 칭찬과 믿음의 최상급 감동

가장 바람직한 소통과 공감의 방식은, 지속적인 칭찬과 믿음의 말과 마음을 통해 감동을 주고받는 최상위 대인관계법이다. 칭찬과 감동을 동시에 주려면, 에디슨이나 아인슈타인의 어머니처럼 항상 변함없는 믿음과 기대를 통해 칭찬해야 한다. 즉 진심을 다한 사랑의 칭찬은, 상대를 움직일 수 있을 만큼의 큰 위력을 발휘한다. 훗날 에디슨은 자신이 성공할 수밖에 없었던 비결이 '항상 나를 끝까지 믿어 주는 어머니 덕분에, 정말 열심히 해서, 그 믿음이 맞다는 것을 보여 주고 싶었다'라고 했다. 세계적으로 성공한 영웅과 전설 뒤에는, 대다수가 어머니나 스승 또는 주변의 지혜로운 칭찬이나 변함없는 믿음이 있었다. 부모나 스승이 자녀나 학생에게 해 줄 수 있는 최대 선물은, '잘될 거야!', '너는 할 수 있어!'라는 지속적인 칭찬과 믿음의 말 그리고 '너는 소중한 사람이야!'라는 귀한 감동의 말이다. 이러한 방식이야말로 감동을 통한 상대를 변화시킬 수 있는 최상위의 소통과 공감의 대인관계법이다.

감동은 누구나 바라는 '마법의 삶과 기적의 치유'의 출발점이다. 감동은 사람이 가질 수 있고 갖추어야 하는 최고의 능력 중에 하나이다. 감동의 능력은 칭찬과 믿음을 받아 본 사람에게 좋은 감동의 씨앗이 자라고, 음악, 스포츠, 책, 시, 그림, 영화, 명상, 예술, 봉사, 나눔 등을 통해 숙성되고, 그럼에도 불구하고, 거듭나기, 알아차림, 깨달음 등으로 완성된다. 21세기 위기와 기회 그리고 경쟁의 시대이다. 그 대비책이자 해결책은 학습과 배움의 능력이다. 즉 어느 시대이든 성공하는 최상위 5%의 공통점은, 그 시대의 플러스 공식과 비법을 알고 지속적으로 실천하였다는 것이다. 그들은 꿈과 목표를 가지고 있었고, 앞서거나 다른 플러스 5%를 하루하루 실천해 습관과 실력으로 만든 사람들이다. 누구나 무엇이든 할 수 있고, 이룰 수 있다. 단지 그 가능성을 믿고 도전하는 사람에게, 더 많은 '마법의 삶과 기적의 치유'가 주어진다.

위대한 영웅과 전설들의 최상급 감동은 또 다른 감동과 교훈을 낳고, 영원한 감동의 에너지는 시대를 넘어 향기롭게 흐른다. 누군가를 위해 '그 일을 해 주는 것'이 아니라 오히려 내가 '그 일을 할 수 있어서 기뻤어'라는 훌륭한 생활철학으로 살아간다면, 어느 곳에서도 인정받는 성공적인 감동의 삶을 살아가게 될 것이다. 마더 테레사나 김수환 추기경님은 '받은 사랑은 항상 한 없이 큰데,

깊은 사랑은 늘 부족해서 미안합니다'라는 겸손한 자세로 살아가셨다. 가정이나 직장 등에서 상대의 부족한 점을 찾기보다는 '상대가 나보다 더 좋은 사람을 만났더라면 더 행복했을 텐데…'라는 '사랑해서 미안합니다'라는 위대한 사랑의 그릇은 최상급 감동의 조건이다. 김남조 시인은 시집 사랑초서에서 '엷은 사랑일 땐 준 걸 자랑했으나, 익은 사랑에선 주어도주어도 모자라는 송구함뿐이구나'라고 사랑의 숙성을 노래했다.

(5) 핫라인 개설과 '내 인생의 셀프 카메라'

성공적인 대인관계를 쉽게 이루는 새로운 방식이 있다. 그것은 특별한 직통라인인 핫라인을 개설하는 것이다. 첫 번째 핫라인은 좋아하거나 이해하는 또는 인정하는, 상대에 따른 특별한 길들을 개통하는 것이다. 그럼으로써 상대와 좋은 관계를 유지하게 하고, 나와 특별한 인맥으로 연결시키든가, 고객 감동의 VIP라인을 개설하는 것이다. 상대가 좋아하는 것을 또는 필요로 하는 것을 찾아서 핫라인을 연결할수록, 성공적인 대인관계에 한 발 다가서게 된다. '윈-윈' 게임이 성공적인 대인관계의 최상위 원칙이다. 그런데 앞의 '윈'은 항상 상대에게 기쁨을 먼저 제공하는 것이고, 뒤의 '윈'은 내가 뿌린 대로 거두게 되는 끌어당김의 원칙이다. 내가 원하는 것이 아닌, 상대가 원하는 그를 기쁘고 행복하게 하거나 편하게 해 주는 '윈'을 먼저 주어야 한다. 최고와 최선의 씨앗을 뿌릴 수록 더 좋은 결과를 얻게 될 것이다. 이런 좋은 품종의 씨앗을 뿌리는 핫라인을 연결하려면, 평소에 그에 필요한 긍정의 언어습관, 대인관계법, 칭찬법 등 기본적인 사항과 명품 습관과 매력을 갖추고, 상대에게 맞춤형 좋은 팁이나 정보를 제공할 준비가 되어 있어야 한다. 세상은 항상 스스로 돕는 자를 돕고, 행운의 여신은 준비된 사람의 것이다.

두 번째 핫라인의 방식은 자신을 즐겁게 하거나 편안하게 하는 특정한 공식을 정해 놓는 것이다. 또한 슬프거나 아프거나 어떤 어려운 문제나 상황을 해결할 때, 제일 좋아해서 음악이나 영화, 운동, 또는 즐겨 찾는 장소나 사람 등을 미리 정해 놓는 것이다. 이처럼 '스트레스 탈출구', '역경의 비상구', '즐거움의 해방구' 등을 미리 설정해서 작성해 놓으면, 자신의 감정과 활력을 조절할 줄 아는 마법의 여의봉을 갖게 된다. 그리고 언제든 쉽게 찾고 사용할 수 있게 잠재 뇌의 맨 앞줄, 가장 좋은 기억의 자리에 배치해 두자. 살다가 지치고 힘들 때, 어려운 일이나 상황을 맞이했을 때, 빠르고 쉽게 벗어나거나 해결하는 데 큰 도움이 될 것이다. 누구나 바라는 '마법의 삶과 기적의 치유'의 특별한 조건을 갖추는 핫라인이다. 만일 이러한 특정한 핫라인이 없다면, 일상이나 삶에서 다가오는 크고 작은 문제에서 반복적으로 어려움을 겪게 될 것이다.

삶에서 중요한 일은 넘어지지 않는 것이 아니라, 넘어질 때마다 일어나는 일이다. 내 생애 대표적인 탈출구나 비상구 그리고 해방구를 미리 만들어 적어 두고 추가해 나가자. 이러한 준비와 훈련은 점차 내 삶의 부정적인 실패, 질병, 역경, 문제 등을, 내 인생의 장애물이 아닌 디딤돌로 삼는 '그럼에도 불구하고' 정신을 길러 줄 것이다. 즉 마음속에 언제든 박차고 일어날 수 있는 '오뚝이'를 기르는 일이다. 그 내 마음속의 '그럼에도 불구하고, 오뚝이'는 언제든 살다가 지치고 힘들 때마다, 어느새 내 삶에 슬며시 다가와 활력과 자신감을 불어넣어 줄 것이다.

세 번째 핫라인은 삶의 우선순위를 설정하고 관리하는 방식이다. 현재까지 가장 사랑한, 감사해야 할, 존경한, 상대가 떠나면 가장 그리워할 사람이나 대상을 우선순위로 직접 적어 본다. 가장 감명 깊었던 일이나 상황(책, 영화, 공연…), 또는 이번 생에 가장 보람 있었거나, 역경이나 어려운 일을 극복한 일, 가장 축하하거나 기념할 기념일, 꿈과 목표와 소원의 변화, 내생에 경험해 보고 싶은 일들, 특별한 사건들을 정리하듯 작성해 본다. 그리고 우선순위의 중요도에 따라 핫라인에 별표를 추가한다면, 마음하늘에 영원히 지지 않는 큰 별, 작은 별, 은하수로 빛나게 될 것이다. 이러한 새로운 핫라인 개설은, 마음 한구석에 추억과 미래의 '내 마음의 휴게실'을 열고 장식하는 일이다. 또한 '내 인생의 셀프 카메라'

를 설치하고 작동시키는 멋진 일이다. 과거로부터 지금까지의 삶을 재해석하고 평가함으로써, 현재와 미래를 한 단계 더 긍정적이고 발전적으로 해석하고 바라보는 새로운 창을 열어 줄 것이다. 일단 '내 마음의 휴게실'을 정리하고 셀프 카메라를 한번 작동시키면, 그 후로는 내 삶의 각종 우선순위들이 자동으로 입력되고 핫라인으로 작동된다. 무심코 지나치던 일상들이 선물이자 축복으로 전환되고, 삶이 한편의 자기 드라마로 제작되기 시작한다. '내 인생의 24시 셀프 카메라'가 무한 작동되면, 내 삶의 모든 것들 생로병사마저도 감동의 소재가 되어, 한편의 예술이 되어 간다.

(6) 삶과 자신의 가치관과 기준선 높이기

'마법의 삶과 기적의 치유'의 단계를 쉽고도 빠르게 높이려면, 핫라인과 더불어 한 가지 더 필요한 것이 있다. 그것은 삶의 가치관이나 기준선을 발전시키는 것이다. 즉, 삶의 모든 일을 받아들이고 처리하는 인풋과 아웃풋을 점검하고 조율하는 것이다. 내가 싫어하거나 좋아하는 각종 기준선을 더 높이거나 넓혀 나가야 한다. 예를 들어 어떤 상대나 상황에서 화를 냈다면, 다음번에는 한 번 더 참을 수 있도록, 분노의 임계점을 약간 더 높여 나가야 한다. 용서의 기준선도 마찬가지다. 내가 용서할 수 있는 용서의 임계점을 높여 나갈수록, 내 삶은 몸과 마음이 더 풍요로워질 것이다. 만일 분노나 용서의 기준선인 임계점을 높이지 않는다면, 그 당시에는 용서한 줄 알았는데, 같거나 비슷한 상황이 발생하면 또 다시 분노와 불평을 반복할 것이다.

내 삶의 계단과 질을 높이기를 바란다면, 내가 먼저 바뀌어야 한다. 상대나 상황이 변하기만을 기다린다면, 계속 안 바뀔 수도 있다. 기약 없이 바라고 기다리기보다는, 내가 먼저 기준선을 바꾸어 이해와 용서의 폭이 커지면, 다른 선택과 결과를 얻게 될 것이다. 십년 전에 용서하지 못하고 화를 냈거나 어려웠던 문제가, 지금 생각해 보면 많은 부분에서 참을 수 있고 쉬울 것이다. 그렇다면 현재의 어려운 문제나 상황들도 십년 후의 성숙한 내게는 쉬울 수 있다. 그러므로 평소에 인풋과 아웃풋을 점검하여 삶의 각종 기준선을 체크하고 업그레이드시키는 것은, 발전된 운명과 미래를 끌어당기는 공식이다.

운명은 어디서 우연히 다가오는 것이 아니라, 지금 이 순간 자기 스스로 만들어 가고 있는 것이다. 삶의 가치관과 기준선을 단 1%만 끌어올려도 매일 한 번 이상 실천한다면, 1년이면 365번 이상이고 3년이면 1000번이 넘는 더 나은 선택과 결정을 하게 될 것이다. 하루 두 번씩이면 배가 되고, 더 나아가 2~5%로 올릴수록 처음과는 차원이 다른 성공적이고 행복한 삶을 살아가고 있을 것이다. 발전과 풍요의 삶을 향한 거듭나기 도전과 변화는, 1~2%면나 자신이 알고, 3~4%면 다른 사람들이 알고, 5%가 되면 누구나 알 수 있게 된다. 이처럼 가치관과 기준선을 올리는 것은, 자신의 가치를 가장 빠르고 쉽게 끌어올리는 중요한 일이다. 그리고 자신의 가치를 올리면, 그 이전에 어려웠던 문제가 저절로 줄어들고, 다가오는 사람과 상황도 개선되거나 발전한다.

이번 생은, 내 영혼의 거듭나기를 위해 주어진 기회인 '내 삶의 수련원'이자, 언제 선택되어 다시 올지 모르는 즐겁게 누려야 할 '내 영혼의 휴양지'이다. 만물의 영장인 인간은 후손과 선행을 남겨야 할 의무가 있다. 삶의 마무리 시점에서 가장 후회하는 일중에 하나는 무언가 보람 있는 선행을 남기지 못한 것이고, 사람들에게 들려주지 못해 아쉽거나 가장 듣고 싶어 하는 말에서는 '사랑합니다', '덕분에 감사합니다', '수고했어요' 등 사랑과 감사 그리고 칭찬의 말과 표현이라 한다. 그리고 '다시 한 번 삶이 주어진다면 어떻게 살고 싶은가?'라는 설문조사에서, 압도적인 1위는 '즐겁게 살고 싶다'였다. 지나거나 떠난 후가 아닌, 아직 기회가 있을 때 더 '감사, 웃음, 칭찬, 인사, 친절, 사랑, 용서, 보람…' 등을 실천하고 잘하는 것이 중요하다. 언제든 늦었다는 것을 발견한 바로 그 시점이, 항상 가장 빠른 때이다. 이런 깊은 통찰과 깨달음으로 내 삶에 다가오는 크고 작은 일들을, 감사하는 기쁨으로 즐겁게 수행할 때, 이번 생과 영혼의 '오계절 성공프로'라 할 수 있다.

(7) '내 일생의 4대 산맥'과 '산 너머 산 넘기'

일생이란 그리고 산다는 것은, 자신의 내적·외적 산들로 둘러싸여 있고, 그 산의 정상에 오르내리고 넘어서는 일이다. 일생은 성공, 행복, 건강, 행운이라는 '내 일생의 4대 산맥'으로 이루어져 있다. 그 4대 산맥들은 수많은 크고 작은 '삶과 인생의 산'들로 구성되어 있다. 그 삶과 인생의 각종 다양한 산들과 어떤 관계 속에 살아가느냐는, 그 사람의 삶의 계단과 질이 되고, 운명과 미래가 된다. '삶과 인생의 산'들은 다양한 모습으로 내 안팎에 존재한다. 그 산들을 어느 높이, 어떤 코스, 몇 개의 산을 넘느냐에 따라 제각기 다른 삶을 살아가게 될 것이다. 누군가는 꿈과 목표를 이루는 플러스 인생이 되고, 누군가는 자신과의 승부에서 이겨 영웅적 자질을 깨우는 명품 인생으로 거듭나는 영혼이 된다.

21세기 위기와 기회의 경쟁 시대에, 건강과 행복의 안전선 20%와 최상위 5% 성공 가능성의 문을 통과하려면, '내 일생의 4대 산맥'과 '삶과 인생의 산'들을 넘는 '21세기 플러스 정보력과 실력'을 갖추어야 한다. 그중 첫 번째 대표적인 '21세기 플러스 정보력과 실력'은, 내 삶과 일생의 모든 것을 이루고 있는 '내 일생의 4대 산맥'과의 목표 설정과 관리이다. 4대 산맥은 시기, 나이, 상황 등에 따라 중요도와 우선순위가 달라진다. 각각의 산맥에 오르는, 몇 개의 산을 넘고 그 산 너머 어디까지 갈 수 있느냐가, 삶의 계

나를 변화시키는 습관의 황금키

단과 질이 된다. 행운과 건강은 운이 좋고 건강하다는 믿음과 긍정의 확신이 필요하다. 행복은 자신이 선택하고 결심한 만큼 찾을 수 있다. 성공은 목표를 세우는 순간부터 안개처럼 멀리 있던 산이 어느새 앞으로 다가선다. 4대 산맥의 목표점 달성은 플랫폼 정보와 평소 점수 체크 그리고 관리가 필요하다. 사람의 일생은 이 4가지 그래프가 매일 매 순간 살아 있는 마지막 순간까지, 각자의 주파수와 파동으로 오르내리며 진동하고 있다. 이 각각의 리듬에 따라 그 사람 고유의 전자기장 에너지의 색, 크기, 강도, 파동 등이 시시각각으로 달라진다.

두 번째 필수적인 '21세기 플러스 정보력과 실력'은, 꿈과 목표 그리고 발전과 풍요의 삶을 이루는 대표적인 3대 '삶과 인생의 산'인, 습관과 인품 그리고 그 시대의 플러스 공식과 비법의 산이다. 현재와 미래 운명의 80%는 습관에 의해 결정되고, 나머지 15%는 인품에 의해, 그리고 5%는 그 시대의 플러스 공식과 비법에 의해 결정된다. 그러므로 내 삶의 계단과 질 그리고 운명과 미래를 가장 쉽게 바꾸는 방법은 습관을 바꾸는 것이다. 그렇게 중요한 습관이 무엇이고, 어떻게 바꾸는지, 습관을 변화시키고 발전시키는 공식을 알고 있어야 한다. 그리고 인품은 15%지만 습관에 빛과 향기를 더해 자신의 능력과 재능을 최대로 발휘할 수 있게 한다. 인품의 관문은 무엇이고, 어떻게 발전시켜야 하는지 등을 알고 살아가야 한다. 그 시대의 플러스 공식과 비법은 5%이지만, 꿈과 목표를 이루는 발전과 풍요의 황금키이다. 21 플러스 공식과 비법(습관의 씨크릿, 긍정의 언어습관, 성공적인 대인관계, 내 인생의 3대 공식과 계획표, 21 이미지 영상 학습 관리법…)들은 최상위 5% 그룹에 오르는 가장 빠르고 쉬운 길이자 내비게이션이다. 평소에 삶과 인생의 3대 산인, 각종 습관과 인품 그리고 플러스 공식과 비법에 대한 학습과 지속적인 자기 계발과 관리가 관건이다.

세 번째 위대한 '21세기 플러스 정보력과 실력'은, 운명과 미래를 극복하고, 태어난 자신의 잠재력을 최대로 계발하고 발전시키는 훌륭한 삶의 길이다. 자신과의 승부의 산을 넘어 1차 한계의 벽을 돌파하거나, 앞서거나 다른 5%로 2차 거듭나기에 성공하는 명품화의 산을 넘는 과정이다. 사람은 태어나서 부모, 학교, 경험 등에 의해 청소년기로부터 30세 이전에 자신만의 각종 한계의 벽을 만들어 간다. 그 한계의 벽은, 삶의 모든 것을 받아들이고 처리하는 인풋과 아웃풋으로 성장한다. 대다수 사람들은 스스로 만든 한계의 벽 안에서 살아가고, 인풋과 아웃풋의 방식을 바꾸려 하지 않는다. 그 벽과 방식은, 누구에게나 태어나면서 예정되어 있던, 기본적인 발전과 성숙의 한계점이다. 자기계발을 통해서 이 한계의 벽들을 넘어서는 것은, 운명과 미래를 바꾸어 명품으로 거듭나는 공식이다. 또한 21세기 최상위 3대 경쟁력인 '베스트', '온리',

'그럼에도 불구하고'를 추구하는 통로이자 관문이다. 자신의 산을 넘어 가문, 분야, 국가, 인류, 역사 등 명품화의 산 너머로 거듭날수록, 이번 생에 꿈과 목표를 이루고, 영혼의 목표를 이루는 것이며, 자신과 후손에게 플러스 선업을 쌓는 일이다.

그 밖에도 사람과 사건 그리고 자연과 우주만물은 알게 모르게 서로 연관되어 있다. 지금 내 주변의 사람, 상황, 사건 등에서, 현재 나 자신의 긍정의 끌어당김 에너지의 레벨을 읽을 수 있다. 항상 나의 주파수에 반응하는 일들이, 내 주변에서 일어난다. 만일 원치 않는 문제가 계속 발생하거나, 지금보다 더 발전과 풍요의 삶을 원한다면, 내가 먼저 변해야 한다. 즉 학습과 자기 계발을 통해, 자신의 실력과 가치를 높여 나가야 한다. 그래야 그에 반응하는 더 나은 사람, 상황, 사건들이 다가설 것이다. 지구나 우주의 역사에 비해 아주 짧은 인류의 역사로는, 자연과 우주의 법칙이나 창조주의 의도나 뜻을 다 배울 수는 없다. 지구 탄생 이후 지구의 주인은 계속 바뀌어 왔다. 그러므로 항상 겸손한 마음과 자세로 삶과 자연과 우주의 진리와 해답들을 영원히 배워 나가야 한다. 그 길이 21, 22세기 위기를 극복하고 경쟁의 산을 넘어, 기회와 승리를 선택하는 지름길이 될 것이다.

21세기를 위기와 기회의 글로벌 경쟁 시대라 한다. 그렇다면 위기를 잘 극복할 지혜로움이 필요하고, 기회를 선택할 사전 준비가 요구되고, 글로벌 경쟁에서 승리자가 될 경쟁력, 즉 명품실력을 갖추어야 한다는 뜻이다. 4차 산업혁명 시대까지는 특별한 준비가 없어도 그런대로 살아갈 수 있었다. 그런데 더욱 급변하는 5차 이후로는 미리 준비된 사람들에게만 건강과 행복 그리고 성공의 기회가 허락되는 새로운 시대로 진입할 것이다.

제 4 단원

4,5차 산업혁명시대의
준비와 대비책

4,5차 산업혁명 정보와 대비책

　21세기 위기와 기회의 경쟁 시대인 4차, 5차 산업혁명으로부터, 개인이나 국가가 위기와 경쟁의 문을 성공적으로 통과하여 발전과 풍요를 이루려면, 우선 세 가지 조건이 필요하다. 첫째, 글로벌 정보 분석과 종합에 따른 학습과 배움으로, 현재와 미래의 변화에 대한 시대적인 직관과 통찰력을 길러야 한다. 둘째, 시대적 변화에 대한 도전정신과 적응력 그리고 사전 준비와 대비 등 실천력이 필요하다. 셋째, 앞서거나 다른 '명품 실력과 매력' 갖추기 그리고 감동의 대인관계 능력과 창조력 등이 특별히 요구된다.

　정보의 홍수 시대에서 21세기 플러스 비법과 공식을 선별하여, 지속적인 실천을 통한 습관화와 실력화가 마지막 관건이다. 꾸준한 자기 계발과 학습을 통해 우선 자신과 가족의 21세기 안전선과 성공 가능성의 문 통과를 이루고, 그 길을 이웃과 사회에 전하는 '21 명품 멘토'가 목표가 되어야 한다. 이처럼 개인이나 가정, 사회와 국가가 '함께하는 우리'가 되어, 미리 준비하고 잘 대처해 나간다면, 오히려 위기와 기회의 글로벌 경쟁 시대에서 기회를 선택하는, 더 나은 삶과 플러스 세상을 만들어 갈 수 있을 것이다.

시대적 변화와 1,2,3차 산업혁명

21세기 들어 삶의 모든 것이 그 이전의 시대와는 비교할 수 없는 속도로 변화하고 있다. 그런데 점점 더 예측 불가능한 속도로 변화하고 있기에, 개인은 물론이고 전문가나 국가마저도 따라잡기 어려워지고 있다. 그래서 학생이나 직업인들은 미래에 대한 꿈과 목표도 세우기 어렵고, 무엇을 계획하고 준비해야 할지 몰라 갈팡질팡하고 있다. 부모나 선생님도 자녀나 학생들에게 미래를 위해 무슨 직업이나 일을 멘토링하기 어려운 시대이다. 이미 3차 산업혁명이 지나 2020년부터는 그 이전과는 차원이나 특성이 다른 4차 산업혁명이, 그리고 머지않아 2050년경이면 그보다 훨씬 더 강력한 5차 산업혁명이 전개될 것으로 예측되고 있다.

나를 변화시키는 습관의 황금키

1760년대 영국에서 시작한 1차 산업혁명은 증기기관의 발명과 기계화에 의한 혁명이었다. 신분과 계급에 의한 사회로부터 새로운 생산과 부의 창조가 가능해졌고, 그로 인해 새로운 성공의 기회가 열리기 시작했다. 그전과는 완전히 다른 가치관과 세상을 만들어 냈다. 그리고 1870년대 전기와 내연기관의 발명으로 인한 2차 산업혁명은 독일과 미국을 중심으로 시작되었다. 자동화에 의한 대량생산과 자동차, 라디오, 전화, 비행기 등 각종 발명으로 이어졌다. 발명왕 에디슨이 활약한 시대이다. 2차 산업혁명은 그 이전의 세상과는 차별화될 정도로 차원이 다른 삶으로 변화시켰다. 점차 교통과 통신의 발달로 이어져 글로벌 상업 시대가 서서히 시작되었다. 그리고 생산의 시대에서 서서히 소비의 시대로 넘어가기 시작했다. 1920년대 가정용 냉장고와 세탁기 등의 발명은 특히 20세기 여성의 삶의 시간과 질을 바꾸어 놓았다. 생산과 힘의 상징인 남성 위주의 시대에서 소비의 주체인 여성의 시대가 열리기 시작했다.

그러다 1960년도 컴퓨터와 인터넷 그리고 21세기 들어 스마트폰으로 이어지는 3차 산업혁명은 그 이전의 세대와는 인류의 생각과 삶의 질을 송두리째 바꾸어 놓고 있다. 글로벌 정보와 소비의 시대로 진입하게 되었고, 여성의 지위는 점점 더 높아져 갔고 고객감동의 시대로 발전해 가게 되었다. 그런데 20세기 후반부에 들어서자 그 발전의 속도는 더욱 빨라져 갔다. 불과 100년 이전에는 생산의 시대였고 성공을 위한 삶을 살았다면, 50년 전에는 소비의 시대로 변화했고 성공에 더해 행복을 추구하는 시대로 발전하였다. 그리고 21세기 들어서는 환경오염과 가공식품의 증가 그리고 글로벌 경쟁시대의 스트레스 증가 등으로 50년 전보다 각종 질병이 2~10배로 늘었기에, 성공과 행복에 더해 건강까지 동시에 추구해야 되는 시대로 변화하고 있다. 그리고 21세기가 진행될수록 경이로운 속도로 변화하고 있다. 이제는 전문가나 국가도 정확한 미래 예측이 불가능해지고 있다.

21세기 4차 산업혁명

2020년경이면 4차 산업혁명이 시작될 것이다. 개인이나 국가 모두에게 21세기 위기와 기회 중 어느 쪽을 선택하느냐를 결정하는 숙제가 주어지는 시기이다. 그전의 1,2,3차 산업혁명이 대다수의 인류에게 플러스 효과를 가져왔다면, 4차는 위기와 기회라는 플러스와 마이너스 효과를 동시에 가져올 것이다. 그래서 4차 산업혁명은 위기와 기회 그리고 경쟁의 시대라 한다. 3차까지가 시원한 바람과 멋진 파도였다면, 4차부터는 누구나 감당하기는 어

나를 변화시키는 습관의 황금키

려운 큰 바람과 파도로 다가오고 있다. 그래서 다른 산업혁명들과는 달리 미리 사전에 대비책과 준비가 필요하다. 즉 위기를 극복하고 기회를 선택하기 위한 준비와 글로벌 경쟁시대를 통과하기 위한 실력이 준비되어야 한다. 점점 더 거세지는 글로벌 위기와 기회의, 4차·5차의 거친 파도와 태풍을 넘어서기 위해서는, 조금 더 특별한 준비와 실력이 요구된다.

4차 산업혁명 시대는 인공지능, 로봇, 빅 데이터, 사물인터넷, 3D프린터 등으로 대표된다. 인간과 로봇과의 경쟁과 소리 없는 전쟁이 시작되는 것이 특징이다. 글로벌 정보와 기술, 의료, 교육, 서비스 등이 중심이 되는 시대이다. 위기와 경쟁이 심해지는 글로벌 시대에는 점점 더 도전정신, 창의력, 체력, 건강, 인성, 매력, 대인관계 등이 가장 중요한 평가의 기준이 될 것이다. 인공지능 드론이나 로봇에 밀려 서서히 힘과 기술 위주의 산업은 줄어들고, 교육, 상업, 안내, 관리 등 서비스 산업 등은 계속 발전해 나갈 것이다. 서비스 산업의 핵심은 고객감동과 긍정의 언어습관과 대인관계 그리고 좋은 습관과 인품이다.

빅 데이터란 삶의 모든 백과사전적 지식과 정보와 경험들을 종합 분석한 해결책 즉 특별한 지혜를 갖추는 것을 말한다. 그래서 고객과 개인이 원하고 필요로 하는 각 분야별 맞춤형 정보가 산출되는 놀라운 일이다. 미래의 경쟁력을 좌우하는 새로운 가치의 정보들이 탄생, 분석, 관리되는 것이다.

인공지능이란 체스, 바둑 등에서 이미 인간의 최고수를 넘어섰다. 삶의 많은 분야에서 적용되어 새로운 변화를 주도하게 될 것이다. 특히 드론이나 로봇 발전에 획기적인 발명이 될 것이다.

사물 인터넷이란 사물에 인공지능과 인터넷이 장착되어 자율주행 자동차, 집 정리와 청소 로봇, 잔고 정리 등 비서, 하인, 친구 역할을 동시에 수행하게 될 것이다,

3D프린터란 2차원의 복사 기능인 평면 프린터가 3차원 공간에서 입체적인 복제기능을 갖추는 것이다. 이미 의료, 식품, 패션, 건축, 정밀 부품, 항공 분야 등에서 사용 중이며, 자동화와 몇 가지 문제를 해결한다면, 점차 개인의 취향 개성에 맞춘 새로운 창조와 생산이 가능해진다.

4차 산업혁명이 진행될수록 점차 학교와 기업 그리고 일상생활의 패턴을 바꾸게 되며, 스마트 시티와 공장으로 생활과 집, 사무실과 공장 등의 사물 인터넷과 인공지능 자동화가 진행될수록 편리한 상상 속의 삶이 가능해져 갈 것이다.

세계 경제 포럼이나 각종 연구 발표에 따르면, 4차 산업혁명으로 앞으로 5년 후는 700만 개의 직업이 줄어들고 200만 개의 직업이 새로 생겨난다고 한다. 그러면 무려 500만 개의 직업이 줄어드는 것이다. 그에 더해 21세기 일부국가에서의 저출산과 장수시대

에 따른 고령화 그리고 지구의 총인구수 증가는 더욱더 산업구조를 침체기로 빠져들게 하는 주요 원인으로 지적되고 있다. 그리고 지금 초등학교 입학 학생이 일자리를 가지게 될 때는 현재 직업의 65%가 유명무실해지거나 어떠한 형태로든 지금과는 다른 방식으로 존재하게 된다고 한다. 즉, 그때가 되면 인간은 시간이 갈수록 로봇보다는 힘이나 지능 등 여러 가지 조건에서 뒤떨어질 수밖에 없게 된다.

그렇지만 결국 경쟁은 사람끼리 하는 것이다. 그리고 21세기가 아무리 급격하게 변화하여도 일부 종목은 변함없이 지속되고 새롭게 발전해 나갈 것이다. 그중에서도 관리와 서비스 산업 그리고 교육과 멘토 등의 중요성은 오히려 더욱 증가할 가능성이 높다. 그러므로 좋은 습관과 인품을 가진 사람이 앞서는 시대이자 명품 실력과 매력을 갖춘 사람이 성공할 것이다. 개인과 인류는 5차, 6차의 기간을 거치면서 삶의 질과 계단이 새롭게 재편되는 중요한 갈림길에 서게 될 것이다. 그리고 2100년 이후로는 거의 그대로 고정되어 갈 것이다. 그것은 4차 산업혁명 시기에 미래 시대에 대비하여, 어떠한 학습과 준비를 했느냐에 따라, 결과가 달라질 것이다. 그 이유는 5,6차는, 4차와 많은 부분이 같은 분야와 방식으로의 발전과 심화에 따른 산업혁명이 전개되고, 인간 대 로봇의 새로운 관계 설정으로 진행될 것이기 때문이다.

그 이전 시대와 다른 특별한 변화와 차이점

21세기 인류에게는 지구 역사상 식량, 수명, 교통, 자유, 신분 제약 등 거의 모든 면에서, 지금처럼 자유롭고 잘 먹고 잘살던 시대는 없었다. 그리고 앞으로도 이러한 인류의 황금기보다 더 나은 세상이 찾아온다는 보장도 없을 정도다. 21세기에 들어 불과 50년 사이에, 과학, 정보, 통신, 의학 등 수많은 분야에서, 인류는 지금까지 역사상 한 번도 겪은 적이 없는 속도로 변화하거나 발달하고 있다. 이처럼 생각과 상상의 한계를 뛰어넘는 엄청난 속도로의 변화와 발달은, 개인과 국가 모두 위기와 기회를 동시에 맞이하고 있다. 그래서 위기에는 대처와 극복이 필요하고, 기회에는 앞서거나 다른 '21세기 비법과 공식'이 필요한 시대가 열리고 있다.

그리고 이제는 우리의 삶의 많은 부분에 있어서도, 새로운 변화가 일어나고 있다. 21세기 경쟁과 정보의 시대에는, 착하게 살면 행복하고 건강한 시대에서 오히려 스트레스로 암 등 질병이 더 걸리는 시대로, 열심히 하면 성공하던 시대에서 글로벌 정보를 제대로 알고 열심히 해야만 꿈과 목표를 이루는 시대로 변하고 있다. 21세기에 들어오면서 평균 수명이 20년 이상 비약적인 증가로, 은퇴 이후의 삶에 대한 점검과 새로운 계획도 필요해졌다. 그에 따라 성공과 행복 그리고 건강의 공식과 비법도 다양하게 변화하고

나를 변화시키는 습관의 황금키

있다. 한 번뿐인 자기의 소중한 삶을 위해 자기 계발과 꾸준한 자기 관리의 중요성이 점점 더 높아 가고 있다.

21세기에는 성공과 행복뿐만 아니라 건강에서도 안전선을 달성해야 하는 시대이다. 과거에는 하위 20% 정도만 질병으로 고생을 해 왔다. 20세기에 평균 수명은 50대 초중반이었는데, 지금은 80세를 넘어서 장수시대에 돌입했다. 그에 비례하여 질병은 더 놀라운 속도로 증가하고 있다. 그리고 환경오염과 경쟁시대의 식생활 습관의 변화와 스트레스 증가에 의해, 2050년경에는 10배로 증가하여 암, 치매, 공황장애, 우울증 등 심각한 질병의 위기 시대가 이미 예고되고 있다. 그리고 2100년경에는 훨씬 더 증가하여 남녀노소가 없는 건강의 절벽 시대를 맞이하게 되므로, 평균치 60%가 더이상의 안전지대가 아니다. 그러므로 자신과 가족의 건강한 삶과 100년 후의 후손들의 안전한 미래를 위한다면, 지금부터 준비를 해야만 한다.

사람은 누구나 성공하기를 바라고 행복하게 잘 먹고 잘사는 것을 원한다. 그래도 21세기 초반까지는 평범한 60%가 어렵고 힘든 하위 20%보다는 플러스 인생 편에 속하는 편이었다. 그런데 21세기 심각한 질병과 경쟁 그리고 장수의 시대로 진입하자, 그 평균치 60%가 시간이 흐를수록 점차 마이너스로 기울기 시작했다. 중간층이 점차 줄어 가며 하위그룹으로 편입되어 가고 있다. 건강의 기준선처럼 성공과 행복도 100년 후에는 상위 20%가 새로운 안전선이 될 것으로 예측된다. 결국 위기와 기회가 공존하는 21세기 급변하는 시대에서 평범함으로는, 건강과 행복의 안전선이나 성공 가능성의 문을 통과하는 기회를 잡기가 어려워질 것이다.

어느 시대이건 '그 시대의 성공의 공식과 비법'은 존재했다. 그리고 19세기 이전에는 신분이나 계급에 따른 5% 이내의 특권층에만 성공 가능성의 문이 허락되었다. 그런데 19, 20세기 들어 산업혁명으로 시작되어 과학과 상업의 시대로 발전하면서 서서히 일반인에게도 그 기회의 문이 개방되기 시작했다. 하지만 최종적으로 기회의 문을 통과하는 사람은 어느 시대이건 평균 5% 정도에 불과했다. 그리고 그 5%의 성공의 공식과 비법은 시대에 따라 조금씩 플러스·마이너스로 변화되면서 특별한 사람에게만 알려져 왔다. 그러던 것이 20세기 후반 교통의 발달과 컴퓨터와 인터넷의 발명으로 정보와 경쟁의 글로벌 시대로 돌입하게 되었다. 즉 불과 5%만 알고 독점하던 특급 정보가 공개되기 시작했고, 무한경쟁 시대의 서막이 열리기 시작했다.

21세기에 손안의 컴퓨터인 스마트폰이 발명되자, 이제는 비밀 정보가 모두에게 공개되었다. 즉 성공 가능성의 문이 공개되자, 모두들 그 열린 문 쪽으로 달려들었다. 무한경쟁의 시대로 본격적으로 돌입하게 되자, 오히려 그 이전보다 통과가 더 어려워졌다.

세계인구 증가와 기후변동에 의한 식량난이 예측되고 있고, 일부 국가에선 저출산과 노년층의 증가에 의한 소비패턴의 변화와 기존 산업의 위축이 진행되고 있다. 또한 인공지능과 로봇 등 과학과 생명공학의 급성장으로 30년 이내에 현직업의 50% 이상이 없어지거나 다른 형태로 변화될 것으로 예측되고 있다. 이처럼 21세기는 그 이전과는 전혀 다른 방식으로 가능성의 문이 열리고 닫히고 있다. 그 기회의 문은 과거처럼 오랫동안 그 자리에 항상 열린 채 기다리고 있지 않고, 수시로 크게 작게 열렸다 닫히기도 하며, 그 위치마저도 변동이 발생하기도 한다. 새로운 '21세기 비법과 공식'의 필요성은 증가하고 있다.

또 한 가지 21세기에서는 학습과 배움의 방식에 있어서도 특별한 변화가 요구된다. 20세기까지는 누구나 기초부터 꾸준히 배우고 노력하면 언젠가 정상에 오르는 시대였다. 그래서 '공짜는 없다' 또는 '성공은 결코 노력을 배신하지 않는다'라는 명언이 적용되는 시대였다. 그런데 21세기 글로벌 시대에서는 전문가나 국가에서도 미래를 예측하기 어려운 속도로 발전하며 변화가 심하기 때문에, 개인이 따라잡기에는 불가능해지고 있다. 그래서 21세기 글로벌 경쟁의 시대는, 혼자만의 생각으로 지속한 10년 아니 일평생의 땀과 눈물의 노력도, 한순간에 물거품이 될 수도 있다. 경쟁의 대상이 나 자신과 주변을 넘어, 전혀 모르는 세계인으로 한없이 확대되었기 때문이다. 그래서 21세기 정보의 홍수 시대에는 학습과 배움 그리고 꿈과 목표와 관리의 방식에서도, 새로운 지혜와 공식이 요구되는 시대이다. 21세기가 진행될수록 자녀들의 건강과 행복의 안전선과 성공의 문 통과를 안내해 주고 돕는 명품 멘토의 필요성은 증가되어 갈 것이다.

5차 산업혁명과 6차 산업혁명

그런데 지금의 4차 산업혁명에 제대로 적응하기도 전에, 2050년이면 5차 산업혁명이 시작될 것으로 예측된다. 그런데 3차까지의 멋진 바람과 파도와는 달리, 4차부터는 위기와 기회를 동반하고 있다. 그런데 5차, 6차로 진행될수록 글로벌 위기와 기회로 확대되어, 그 바람과 파도의 위력은 점차 쓰나미와 태풍급으로 커져 갈 것이다. 그래서 기회와 위기의 선택에 따른, 개인이나 국가의 부익부와 빈익빈의 차이가 상상 이상으로 벌어져 갈 것이다. 그 동안의 인간 대 인간의 경쟁 구도에, 새로운 강력한 도전자인 로봇이 사이에 끼어들기 때문이다. 4,5,6차는 그 이전의 산업혁명들과는 다르게, 서로 강하게 연관되어 있다. 그래서 개인이나 국가든 한번 경쟁에서 밀려나면 다시 회복하기가 어렵다. 5차부터는 범용 인공지능 로봇의 탄생을 기점으로, 많은 부분에서 인간을 앞서 나가기 시작할 것이다. 이후 생각하는 로봇과 드론이 합체되는 6,7차가 진행되면, 이제는 지구의 진정한 주인이 누구인가가 판정하기 어려울 것이다.

5차 산업혁명은 4차와 더불어 우주산업, 바이오, 범용 인공지능, 인간내면으로의 탐구(자기 계발과 감동의 능력, 명상), 교육(멘토), 관리 등이 떠오르는 시대이다. 로봇의 진화는 인류의 삶을 완전히 바꾸어 놓을 것이다. 즉 로봇에게 밀려나는 많은 부분 덕분에 편해지는 것도 있지만, 그보다는 잃어버리는 것도 점점 더 많아져 갈 것이다. 그 빈자리와 틈새를 메우는 산업들이 각광을 받을 가능성이 높다. 이 시기에는 취미, 오락, 패션, 보험, 운동·건강, 서비스, 교육(멘토), 명상 등이 대표적인 산업으로 떠오를 것이다. 로봇과 인간의 눈에 안 보이는 경쟁이 점점 더 심화될 것이다. 점차 로봇을 지식이나 힘으로 이길 수가 없어지고, 그에 더해 스스로 학습하는 능력의 발달에 따라 머지않아 지혜마저도 인간을 앞서기 시작할 것이다. 즉 로봇의 비약적인 발달과 진화는 하인이나 일꾼에서 시작하여 친구를 넘어 선생과 부모의 역할을 넘나드는 멘토 자리까지도 넘겨주게 될 것이다. 군인을 대체할 로봇 군단 등장과 심지어는 애완동물이나 애인 자리마저 위협하게 될지도 모른다. 2050년경이면 최고 수준의 범용 인공지능과 스스로 학습 발전하는 위대한 로봇 개발 경쟁이 진행될 것이다.

결국 2050년 이후 인간과 로봇이 공존하는 5차 산업혁명의 새로운 시대와 역사가 열릴 것이다. 2100년경이면 상상과 예측불허의 6차 산업혁명이 점화될 것이다. 그런데 5차 산업혁명으로부터는 본격적인 고용위기가 진행될 것이다. 그리고 질병이 몇 배로 늘어나는 2050년부터는 동시에 건강과 행복의 위기의 시대가 시작하고, 또 훨씬 더 증가하는 2100년이면 획기적인 새로운 건강 치유법이 계발되지 않는 한, 건강과 행복의 위기가 더 심해질 것으로 예측된다. 즉 2050~2100년 사이에 성공에 이어 건강과 행복의 안전선도 점차 상위로 조정될 것이다. 그 이유는 5차가 진행되는 동안 100억 명으로 예측되는 세계인구 증가, 범용지능 로봇과의 공존으로 인한 대량 실업과 스트레스 증가, 환경오염과 운동부족 그리고 수명연장으로 인한 체력 감소와 질병의 만연 등 인류는 수많은 악재를 만나게 될 것이다. 그중 대표적인 악재로 식량 부족, 물 부족, 석유 등 자원 고갈, 환경오염과 먹거리 오염, 지구 온난화 등 기후변화에 의한 사막화와 침수 등 생태계 변화가 예상되고 있다.

그렇다면 21세기 5,6차 산업혁명이 진행될수록 로봇과는 경쟁이나 승부가 되지 않는다. 점점 더 로봇에게 영역을 빼앗기게 되겠지만, 언제든 세상은 사람 대 사람의 경쟁에 의해 플러스 그룹과 마이너스 그룹으로 나뉘게 될 것이다. 그리고 위기와 기회를 극복하고 발전시키는 각 분야별 글로벌 재벌과 영웅과 전설들이 탄생하기 시작할 것이다. 부익부 빈익빈으로 개인의 경제력은 심각하게 차이가 더 벌어지게 될 것이다. 즉 과거의 안전선이었던, 80%는 이미 5차 산업혁명 기간 중에 점차 50%선으로 조정될 것이고, 6차가 진행되는 2100년 이후에는 상위 20% 정도만 발전과 풍요를 누릴 가능성이 높다. 그렇지만 누구나 앞서거나 다른 플러스 5%의 마인드와 실력을 갖춘다면, 어떠한 위기나 불확실성의 미래가 다가와도 문제가 되지 않을 것이다.

이 위기와 기회의 글로벌 시대를 잘 극복하고 후손들에게 희망찬 미래를 넘겨주기 위해서는, 각 개인은 자신과 자녀 그리고 후손들을 위해 앞서거나 다른 좋은 습관과 인품 그리고 감동의 능력과 창조력 등 명품 실력과 매력을 길러야 한다. 그리고 기업과 국가는 글로벌 경쟁에서 앞서기 위해 협업과 융합이 필요하다. 그러려면 무엇보다도 '함께하는 우리'가 되는 것이 가장 중요하다. '함께하는 우리'는 21세기 후반부의 글로벌 경쟁사회에서 20% 안전선을 우리 모두가 함께 통과하기 위함이다. 또한 어려운 사람들의 기본적인 삶의 유지를 위해, 글로벌 상위 그룹과 보통사람들의 나눔과 기부 그리고 봉사가 필요한 세상이 될 것이기 때문이다.

그리고 5차 산업혁명이 진행될 것으로 예상되는 2050~2100년의 개인이나 국가 등 인류 최대의 과도기를 대비하여, 21세기 건강과 행복 그리고 성공을 위한 습관과 인품 그리고 그 시대의 플러스 성공 공식과 비법을 갖춘 준비된 청소년들이 배출되어야 한다. 그러려면 그들을 가르치고 지도하는 부모와 선생님이 먼저 바뀌어야 한다. 그리고 이웃과 사회, 기업과 국가도 이를 뒷받침하는 분위기, 노력, 마인드, 정책 등의 변화와 발전이 함께 필요하다. 이 시기는 개인이나 국가 그리고 인류의 삶의 많은 부분에 있어, 가장 큰 변화가 발생할 것이다. 그중에서도 특히 개인이나 가문 그리고 국가의 생존과 번영, 발전과 풍요, 부익부와 빈익빈 등 많은 부분이 재편되어 점차 고정되어 갈 것이다. 4,5,6차 산업혁명은 거의 강력하게 연관되어 발전하기 때문이다. 그래서 이 과도기에 한번 고정된 분류는, 그 후 그대로 유지하게 될 가능성이 높다.

개인이나 사회가 제대로 대비하려면, 최소 20~30년 이상의 준비가 필요하다. 암, 치매, 소화·심혈관계 질환 등 식생활습관성 질환도 평균 20~30년이 지나야 질병으로 발생된다. 즉 2050년 5차 산업혁명이 시작되기 20~30년 이전부터 준비한 개인이나 국가가, 기회를 선택할 가능성이 높다. 어쩌면 우리에게 주어진 21세기의 마지막 찬스일지도 모른다. 그러므로 각 개인과 사회 그리고 국가가 '함께하는 우리'가 되어 손에 손잡고 준비해 나가야만 한다. 그래야 건강과 행복의 위기와 절벽 시대를 잘 극복하고, 개인이나

나를 변화시키는 습관의 황금키

국가가 21세기 발전과 영광의 글로벌 선두그룹으로 진입하는 발판을 마련하게 될 것이다. 보통사람 60%가 상위 20%와 더불어 지금처럼 건강과 행복의 안전선에 머물기를 바란다. 지금부터 '함께하는 우리'가 된다면 가능한 일이다. 글로벌 경쟁시대에서는 누가 먼저 제대로 준비와 실력을 갖추느냐가, 기회를 잡는 성공의 열쇠가 될 것이다. 미리 준비하고 대비책을 세우고 실천하는 데 주어진, 마감 시간은 얼마 남지 않았다. 이 모든 준비와 기회의 포착이 너무 늦어지지 않기를 바란다.

21세기 4,5차 산업혁명의 대비책

21세기를 위기와 기회의 글로벌 경쟁 시대라 한다. 그렇다면 위기를 잘 극복할 지혜로움이 필요하고, 기회를 선택할 사전 준비가 요구되고, 글로벌 경쟁에서 승리자가 될 경쟁력, 즉 명품실력을 갖추어야 한다는 뜻이다. 4차 산업혁명 시대까지는 특별한 준비가 없어도 그런대로 살아갈 수 있었다. 그런데 더욱 급변하는 5차 이후로는 미리 준비된 사람들에게만 건강과 행복 그리고 성공의 기회가 허락되는 새로운 시대로 진입할 것이다. 그러므로 4차 산업혁명 기간은 2050년에서 2100년 후의 5,6차 산업혁명시대를 대비하는, 가장 중요한 준비기간이라 할 수 있다. 그런데 부정적인 상황과 위기만 커져 가는 것이 아니라, 동시에 부와 성공 그리고 장수와 영광의 기회도 더 크게 발생하는 시대이다. 그러므로 개인과 사회 그리고 국가가 함께 '함께하는 우리'가 되어 노력한다면, 위기를 극복하고, 오히려 글로벌 기회를 선택하게 될 것이다.

공자님도 50에 하늘의 뜻을 알고 나서, 삶에서 그대로 적용되는 데 20년이 걸렸다고 했다. 지천명 후 몸에 숙달되고 실력이 되는 데, 즉 아는 것이 삶에 그대로 실천되는 데 20년이라는 시간이 걸렸다는 것이다. 보통 사람은 20~30년 걸린다. 그러므로 늦어도 건강과 행복의 위기시대로 진입하는 5차 산업혁명이 시작되기 20~30년 전인 2020~2030년경까지는 청소년과 국민을 위한 '건강과 행복의 수련원'이 전국화되어야 한다. 그리고 국민적으로도 자신의 가정과 후손에게 다가올 건강과 행복의 위기와 절벽의 시대를 대비하여, 새로운 마인드와 습관 그리고 실력을 갖추기를 바란다. 그리고 이 시기(2100년경, 6차 산업혁명)에 한번 편성이 되면, 오랜 세월 그대로 지속될 가능성이 높기 때문이다. 5차, 6차는 개인이나 국가가 새롭게 재편되고 고정되어 가는 과도기이다. 그 재편에서 생존과 번영의 기회를 선택하는 황금키는, 4차 산업 혁명 기간 동안의 대비책과 준비에 달려 있다.

나를 변화시키는 습관의 황금키

〈1〉 21세기에 준비된 개인

2050년 이후 5차, 6차 산업혁명부터는, 명품의 시대가 강력히 요구될 것이다. 그 명품의 시대란 명품 실력, 명품 매력, 명품 멘토의 세 가지 내용으로 구분할 수 있다.

1) 명품 실력

명품 실력이란, 자기 분야에서 상위 5% 안에 가입하는 성공 프로가 되는 것이다. 즉, 자신과 각 분야별 영웅과 전설이 되는 것이다. 어느 직업이나 분야든 상위 5%에 진입하면, 성공한 삶이라 할 수 있다. 직업이나 일을 시작하기 전에, 성공 프로가 되는 길을 미리 알고 준비한 사람에게, 5% 성공 가능성의 문이 열릴 확률이 높다. 성공 가능성의 문을 통과하려면, 성공의 베스트 습관(일상의 크고 작은 일을 즐기며 최선을 다하는 습관), 성공적인 대인관계, 앞서거나 다른 습관과 인품, 성공한 사장 마인드 등이 필요하다. 그래서 대다수는 시작하기 전에 미리 승부가 결정된다. 손자병법에 '승자는 이기고 나서 싸우고, 패자는 항상 해 봐야 안다고 한다'라는 훌륭한 명언이 들어 있다. 세상이 아무리 바뀌어도 명품 실력을 갖추면, 꿈과 목표를 이루고 바라는 삶을 살아갈 수 있다.

2) 명품 매력

21세기는 시간이 지날수록 고객감동의 시대이자 자기감동(깨달음, 영웅과 전설 깨우기)의 시대로 접어들 것이다. 그러므로 명품 매력이란 앞서거나 다른 플러스 5%의 좋은 습관이나 명품 인품을 갖춘 사람을 말한다. 즉 자신과의 승부를 통해 자신의 내면에 존재하는 습관과 인품의 영웅적 자질을 깨운 사람들이다. 자신의 영웅과 전설을 깨운 사람, 즉 좋은 습관과 명품 인품은 인류가 지구의 주인으로 존재하는 한, 최고의 경쟁력이자 명품 매력이라는 점은 변하지 않을 삶의 진리이다. 20세기까지는 좋은 습관의 중요성이 강조되었고, 21세기는 그에 더해 좋은 인품의 중요성이 강조되고 있다. 그리고 이에 더해 반드시 필요한 것들이 있다. 창조력과 더불어 고객감동과 대인관계의 중요성이 점차 높아지고 있다. 그렇기에 우선 체력과 건강 그리고 실력을 갖추어야 하고, 그에 더해 외모와 세련된 품격은 시간이 흐를수록 더욱더 경쟁력을 좌우하게 될 것이다. 왜냐하면 앞으로는 비슷한 조건의 사람들이 점점 더 많아질 것이기 때문에, 외적 매력과 세련미, 밝고 향기로운 미소, 친절하고 상냥한 목소리, 세련되고 품격 있는 자세와 태도 등 내외적 명품 매력이 더욱 빛을 발하는 시대가 될 것이다.

나를 변화시키는 습관의 황금키

3) 명품 멘토

  명품 멘토란, 세 가지 그룹으로 나눈다. 급변하는 21세기에 적응하고 발전과 풍요를 이루기 위해서는 새로운 학습법이자 교육법이 필요하다. 그리고 그 길을 안내하는 명품 멘토가 필요한 '21세기 멘토 전성시대'가 전개될 것이다. 그 첫 번째 그룹은 21세기 꿈과 목표인 건강과 행복 그리고 성공의 길을 안내하는 즉 삶의 안전 기준선인 상위 20% 관문 통과를 지도하는 1차 멘토이다. 초등학교와 청소년기까지 가장 필요한 멘토이다. 두 번째 그룹은 앞서거나 다른 플러스 5%의 좋은 습관과 인품의 영웅적 자질을 깨운 사람들로, 상위 5% 성공 가능성의 문을 통과하는 길을 안내하는 2차 멘토이다. 청소년으로부터 경험의 학교인 직업이나 결혼을 하기 전에 필수적인 멘토이다. 세 번째 그룹은 자신이 직접 부와 성공, 건강하고 행복한 삶, 명상이나 특별한 삶의 경지 등을 이루고, 그 길을 강연하고 안내하는 3차 멘토를 말한다. 즉, 각 분야별 베스트 원이나 온리 원 그룹 또는 역경과 실패 등을 극복한 '그럼에도 불구하고'를 이룬 명품 멘토이다. 이들은 인류의 위대한 멘토 그룹이다.

〈2〉 21세기에 준비된 사회

1) 가정에서 사랑과 감사의 사랑축 키우기

자녀는 부모의 뒷모습을 배우는 거울이라 한다. 그러므로 할머니 할아버지에게 잘하는 부모를 둔 집안에서는 효도가 저절로 대물림이 된다. 자녀교육의 가장 중요한 핵심 포인트는 부모가 먼저 감사, 웃음, 칭찬, 인사, 친절 등을 실천하는 집안이라 한다면, 자녀는 저절로 그 좋은 습관과 인품이 몸에 배어 플러스 효과를 얻게 될 것이다. 하지만 부모는 실천하지 않으며 말로만 권유하거나 지적한다면 자녀는 거의 실천하지 않는다. 자녀를 변하게 하는 가장 빠른 길은 부모가 먼저 실천하는 길이다.

어머니는 가정에서 자녀에게 70~80% 정도 영향을 준다. 그 영향력은 자녀와 함께하는 시간에 비례한다. 어머니의 가장 큰 역할은 첫째, 행복하게 웃는 것이다. 가정에서 어머니가 행복하게 웃으면, 남편과 자녀는 자존감과 자신감이 한껏 충만하게 된다. 둘째, 자신의 건강을 챙기는 것이다. 어머니가 건강한 집안은 남편과 자녀가 건강할 확률이 상승한다. 셋째, 긍정적이어야 한다. 어머니가 긍정적(감사, 웃음, 칭찬, 인사, 친절…)인 집안은, 자녀도 자신감이 충만하고 긍정적일 확률이 80%이다. 즉, 긍정의 에너지가 충만된 가정으로, 행운의 여신이 미소 지을 수 있는 조건을 저절로 갖추게 된다.

아버지는 가정에서 자녀에게 보통 20~30%의 영향을 준다. 아버지가 자녀에게 줄 수 있는 최대의 유산은, 배우자를 사랑하는 것이다. 사랑하는 모습과 행복한 가정을 만들어 가는 것이, 아버지의 최대 의무이다. 그 일을 이루기 위해서, 가정에서 아내에게 져 주는 배려심을 발휘하는 것이다. 가정은 아내의 행복한 미소 속에서 완성되는 것이기 때문에, 그 목표를 향해 노력해야 한다. '지는 것이 이기는 것이다'라는 공식의 실천이, 행복 가정을 만들고 최고의 자녀 교육법이다.

그러면 무언가 아빠가 손해 나는 것 같을 것이다. 그렇지 않다. 아내와 자녀는 '우리 아빠 최고!'라고 말해 주는 최소한의 인사를 갖추어야 한다. 얼마 전 유행한 광고 문구인 '아빠! 힘내세요. 우리가 있잖아요!'도 좋은 예이다. 실제로 남편에게 부족한 점이 있더라도, 감사하고 고마워하는 칭찬과 믿음을 보내 주는 아내와 자녀가 되어야 한다. 아빠는 이러한 최소한의 인정으로도, 힘이 넘치게 될 것이다. 남자는 자존심을 살려 주는 그 한마디 인정만으로, 자신의 가정을 위해 열과 성을 다 바쳐 열심히 살 이유를 얻게 된다.

그런데 남자가 반드시 기억해야 될 내용이 있다. 여자는 하루에 세 번 밥을 먹듯이, 세 번 이상의 관심이나 칭찬을 보내 주어야, 얼굴에 밝은 미소와 아름다운 향기가 유지된다는 사실이다. 그리고 부부가 지켜야 될 한 가지 사항이 있다. 그것은 자녀에게 항상 잘 될 것이라는 칭찬과 믿음을 주는 사람이, 반드시 한 사람 이상 존재해야 된다는 것이다. 누군가 계속적으로 잘될 것을 믿어 주는 사람이 있다면, 자녀는 훗날 자존감과 자신감이 넘치는 사람으로 자랄 가능성이 높다. 그러한 집안은 사랑과 감사의 사랑축이 크고 빛날 것이다. 모든 부모는 자녀가 자신들보다 더 잘되기를 바란다. 그리고 그 일은 사랑축을 키우는 일이자, 사회에 대한 책임이라 할 수 있다.

2) 스승(멘토)과의 사랑과 존경의 사랑축 키우기

21세기는 정보의 홍수 시대이다. 그런데 수많은 정보 중에 자신에게 맞는 핵심 정보를 추려 내기가 어려운 시대이다. 하지만 21세기가 흘러갈수록 고용의 위기와 건강과 행복의 위기와 절벽 시대가 급격하게 다가오고 있다. 그러므로 상위 20% 안전선 통과와 상위 5%의 성공 가능성의 문 통과를 위해 개인이 학습하여 정보를 파악하기에는 힘든 일이다. 그러므로 누군가 그 길을 알려 주는 새로운 학습법과 멘토가 필요한 시대로 진입하고 있다.

21세기 스승이나 멘토는 인터넷, 책, 강연, 전문가 등의 다양한 곳에서 찾을 수 있다. 급변하는 21세기에 꿈과 목표, 성공과 행복의 길을 알려 주기에는 세상이 너무나 빠르게 달라지고 있다. 시

대의 흐름에 대한 직관과 통찰력이 필요한데, 국가나 전문가조차
도 따라잡기 힘들어졌다. 그래서 21세기 멘토는 발전과 풍요의 삶
을 이루는 필수 조건으로 등장하게 될 것이다. 자기계발을 통해
스스로 자신과 가정 그리고 후손들을 위해, 21세기 멘토가 되려는
노력이 필요하다. 4차, 5차 산업혁명으로 고용 위기와 절벽 그리
고 건강과 행복의 위기의 시대에 들어설수록, 명품 멘토의 필요성
은 높아질 것이다.

지금 이 시대에 학교에서 스승에 대한 사랑과 존경의 사랑축은
서서히 무너져 가고 있다. 급변하는 21세기를 미리 통찰하고 직관
하여 학생들을 지도할 수 있는 멘토 역할을 하기가 어려워졌기 때
문이다. 21세기 들어 멘토가 스포츠 스타나 연예인 등으로 자리
바꿈하고 있는 이유도 이와 같은 상황 때문이다. 그렇다면 스스로
존경하는 스승이나 멘토를 만들어야 한다. 좋아하거나 배우고 싶
은 롤 모델을 정하고, 장점을 따라하는 것이다. 그러려면 우선, 좋
아하거나 잘하는 분야에서 배우고 싶은 다수의 멘토를 두어야 한
다. 그리고 그분들이 했던 가르침이나 명언과 업적 등을, 자신의
삶에 적용하고 응용하는 것이다. 그리고 그 분들의 뒷모습까지 알
고 나면, 나도 할 수 있다는 자신감이 더욱 높아진다.

다수의 존경하는 멘토를 세울 때, 자신의 성별과 다른 성을 포
함시켜야 한다. 지구의 반은 남성과 여성이다. 그래야 자신과 다

른 성별의 사람을 존중하는 좋은 방법을 배우게 된다. 그리고 21세기는 고객 감동의 시대이다. 서로 반대의 성을 진정으로 존중할 줄 알 때, 행복한 가정과 성공적인 직장생활이 가능하며, 스트레스가 줄어 건강에도 도움이 된다.

3) 영웅과 전설의 칭찬과 감동의 사랑축 키우기

국가와 인류의 영웅과 전설을 세우는 데는, 우선 각 개인이 자신의 영웅적 자질을 깨울 수 있는 사람이 되어야 한다. 개인의 영웅적 자질을 깨우는 데는 몇 가지 조건이 있다. 첫 번째는, 내 안에 대단한 영웅적 자질이 들어 있고, 전설의 수준으로 키울 수 있다는 사실을 믿어야 한다. 둘째, 그 영웅적 자질은 주로 습관과 인품으로 구성되어 있으므로, 우선 감사, 웃음, 칭찬, 인사, 친절 등의 필수 습관의 자질부터 깨워야 한다. 이것이 가장 쉽고도 빠른 길이다. 습관의 자질을 깨우는 데 가장 큰 역할을 하는 것은 칭찬과 감동이다. 이 두 습관은 자질을 깨우고 전설에 이르는 데 반드시 필요한 요소이다. 셋째, 습관의 자질을 깨웠다면, 거기서 머무르지 말고 그 수준을 높고 넓혀서 전설의 단계로 진입하려 도전해야 한다. 우선 자신의 전설을 넘어 가문의 전설이 되고 분야별 전설에 도전하고 국가와 인류 그리고 역사의 전설에 도전해야 한다. 그러려면, 베스트 원이나 온리 원 그룹에 가입해야 한다. 이러한 사회 분위기가 이루어졌을 때, 개인과 분야를 넘어 국가의 전설들이 탄생하게 될 것이다.

21세기 글로벌 전설과 영웅의 탄생은 개인과 국가로 보거나, 인류적으로도 대단히 중요한 일이다. 이러한 영웅과 전설이 탄생하기 위해서는 개인의 노력만으로는 부족하다. 특히, 가정과 학교의 역할이 이를 가능하게 할 것이다. 어려서부터 자존감과 자신감을 기르는 사랑과 감사 그리고 칭찬을 듣고 자란 청소년들의 가능성이 높다. 그러므로 가정에서 부모의 역할과 학교에서의 선생님의 역할은 정말 중요하다. 그래서 아리스토텔레스는 '그 국가의 미래는 어떤 청소년들을 길러 내느냐에 따라 달라진다'라고 했다. 그리고 어떤 어머니와 부모를 길러 냈느냐가 그 국가의 힘이 될 것이다.

사회적으로도 칭찬과 존중으로 영웅을 만들 수 있는 풍토를 갖추어야 한다. 즉, 감사, 웃음, 칭찬, 인사, 친절 등의 기본적인 습관의 벽이 돌파되었을 때, 전설의 문을 두드릴 수 있게 될 것이다. 이처럼 개인이나 국가의 영웅과 전설을 탄생시키려면, 모두가 '함께 하는 우리'가 되어야 가능할 것이다. 특히 전설을 탄생시키려면 최상급 칭찬과 감동의 능력이 필요하다. 감동의 능력은 예체능이나 문학, 스포츠, 음악, 연주, 미술, 책 등을 통하여 어려서부터 길러 주어야 한다.

21세기 4차,5차 산업혁명의 위기와 기회의 시대에 수많은 영웅과 전설들이 탄생하게 될 것이다. 위기는 항상 영웅과 전설의 탄생에 최고의 기회이기 때문이다. 전쟁이나 질병, 재해, 재앙 등 인류적인 큰 위기나 어려움이 발생했을 때, 세계적인 영웅과 전설이 탄생하는 경우가 많았다. 21세기는 새로운 영웅과 전설의 탄생을 기다리고 있다. 그리고 글로벌 영웅과 전설을 탄생시킨 나라가 21세기 선두그룹을 형성하게 될 것이다. 그것은 역사적으로도 이미 증명이 되고 있다. 글로벌 위인과 영웅과 전설을 많이 만들어 낸 나라일수록, 부강한 나라이고 존경받는 민족일 경우가 증명하고 있다.

〈3〉 21세기 준비된 국가

4차, 5차 산업혁명의 위기와 기회의 시대를 위기를 극복하고 기회를 선택하려면, 함께하는 우리가 되어야 한다. 경쟁의 상대가 글로벌로 확장되었기 때문에, 개인이나 기업이 세계를 상대로 경쟁하기에는 무리가 따른다. 그리고 기회가 무한대로 넓어졌기 때문에, 국가적인 대비책이 필요하다. 2050년 4차 산업혁명이 시작되기 전, 어느 개인이나 국가가 어떤 준비와 실력을 갖추었느냐가 승패를 좌우할 것이다. 그러려면 개인이나 사회 그리고 국가도 명품 실력을 길러야 하고 3대 사랑축을 회복하는 노력을 기울여야 한다.

하지만 가장 큰 변수가 세 가지가 있다. 첫 번째로 2050년경이면 질병이 몇 배로 심해져 건강과 행복의 위기 시대가 시작될 것이다. 만일 준비가 되지 않는다면 국가의 의료보험 지출도 많이 늘어날 것이고, 개인적인 지출도 훨씬 더 확대될 것이다. 즉 국가나 개인이 의료비 지출이 심하게 늘어날 것이다. 더 나아가 심각한 질병으로 인해 개인이나 가정에 성공과 행복의 중심축이 무너지게 되고, 사회와 국가는 글로벌 경쟁력과 발전의 동력을 잃어버리게 될 것이다. 그래서 어느 나라든 다가올 21세기 건강과 행복의 위기시대의 질병을 잡는 데 주력하여 대비하여야 한다. 식생활 습관은 평균 20~30년 지나서 발생하므로, 그전에 국민적인 깨달음이 있어야 한다.

둘째는 인공지능 로봇과 자동화에 의한 고용의 위기이다. 21세기 경쟁의 시대에서는 로봇이라는 변수가 등장한다. 4차 산업혁명에서 비약적인 발전을 거듭하여 드디어 5차 2050년경이면 범용 인공지능 로봇의 경지에 진입하기 시작할 것이다. 이 시기가 되면 로봇에게 자리를 많은 부분에서 양보를 해야 한다. 6차인 2100년이면 드론과의 결합과 생각하는 기능까지 추가될 것이다. 결국 경쟁의 문은 점점 더 좁아지고 심해질 것이다. 그러므로 로봇 관련 산업의 발전에 따른 국가적인 대책과 경쟁의 문을 통과할 수 있는 새로운 교육제도나 학습법이 필요해질 것이다.

셋째는 2050년경부터 발생하는 5대 악재이다. 식량부족, 인구 폭발, 석유 등의 자원고갈, 환경오염, 지구 온난화에 의한 사막화와 자연재해, 물 부족 등이 대표적인 문제로 등장할 것이다. 이에 대비한 철저한 연구를 통해 5대 악재를 해결할 수 있는 국가가 되어야 한다. 바로 이를 극복하는 영웅과 전설이 탄생되는 시기이다. 또 한 가지 고용의 위기에 대처하는 가장 중요한 해결책인 글로벌 기업의 탄생이다. 혁신과 상생 그리고 협업을 통한 글로벌 경쟁력을 갖춘 거대 기업의 탄생이 요구된다. 또는 글로벌 경쟁력을 갖춘 베스트 원이나 온리 원 그룹에 가입될 기업, 문화, 특산품, 콘텐츠, 과학, 철학, 교육, 명상 등 각종 명품을 배출하는 국가가 되어야 한다. 즉, 2050년경부터 시작될 5차 산업혁명에 성공적으로 대비하려면, 이러한 세 가지 면이 우선적으로 고려되어야 한다.

결국 어느 국가가 다가올 이런 문제에 대한 사전준비와 대비책을 세웠느냐 그리고 개인이나 사회 모두가 힘을 합해 '함께하는 우리'가 되어야 한다. 이 고비를 잘 넘긴다면, 위기를 넘어 기회를 잡는 더 나은 발전된 세상을 맞이하게 될 것이다. 또 한 가지 특별히 고려해야 될 사항은 위기와 기회의 범위가 한없이 넓어지고, 건강과 행복의 안전선이 상승되어 갈 것이다. 그러므로 미리 철저히 대비하여 지금보다 더 나은 삶과 세상을 만들고 가꾸기 위해, 서로 간에 이해와 갈등을 넘어 미래의 후손들을 위해, '함께하는 우리'가 되어야 할 것이다.

이제부터 동서남북, 노사, 상하좌우, 종교이념 등을 잠시 내려놓고 모두가 한마음 한뜻으로 준비하는 사회와 국가가 되어야 한다. 머지않아 다가올 22세기에 한번 분류되고 재편된 개인이나 국가의 위치와 계단은, 그 이후 인류가 존재하는 동안 그대로 유지될 가능성이 높기 때문이다. 어쩌면 4차 산업혁명의 30년은, 5차 산업혁명 기간 동안의 분류와 재편의 시기를 대비하는 가장 중요한 시간이다. 개인이나 국가 모두에게 '21, 22세기 생존과 번영'의 계단과 질을 결정하는 마지막 기회가 될 수도 있다. 국가는 새로운 전담 부서를 신설해서 장단기 계획을 세우고 적극적으로 대처해 나가고, 개인이나 사회도 늦기 전에 준비와 실력을 갖추어 나가야 한다.

21세기 위기와 기회의 글로벌 시대에는 수많은 역경과 파도를 극복하기 위해서는 개인적으로 명품 실력과 매력이 필요하다. 가정과 일터 그리고 국가적으로는 글로벌 경쟁력을 갖춘 명품 물건, 가치, 문화, 기업, 마케팅, 멘토 등 베스트나 온리의 무언가를 계속 만들고 배출해 나가야 한다. '함께하는 우리'를 어느 국가가 먼저 달성하느냐가 중요하다. 그리고 21, 22세기 안전선 통과를 위해 국가적인 상생과 협력, 그리고 더 나아가 주변 국가와의 협력도 중요하다. 어쩌면 점점 더 시간이 흐를수록 다가올, 인류의 각종 위기를 극복하기 위해서나 로봇과의 경쟁과 공존을 위해 새로운 차원의 질서가 세워져야 하고, 인류나 지구 차원에서의 '함께하는 우리'가 필요해져 갈 것이다.

내 삶의 발전과 풍요지도 만들기 프로젝트

(일시: 이름:)

	플러스 생활습관	마이너스 생활습관
내삶의 현주소 I		
	장점	단점
내삶의 현주소 II		
	원하는 꿈 (이상적인 큰 꿈, 멘토)	좋아하는 것 (현실적인 목표)
내삶의 현주소 III		

"언젠가라는 말로 생각하면 실패하고, 지금이라는 말로 행동하면 성공한다."

– 벤저민 프랭클린

〈꿈과 목표를 이루는, '내 인생의 성공 보물지도' 1〉

년   월   일/ 이름: ("God Bless You!")

〈1-1〉 가장 바라는 내 인생의 꿈과 목표

① 꿈과 목표 1 (삶의 방향성 지표가 될 수 있는 이상적인 꿈과 목표) :

----

② 꿈과 목표 2 (현실적으로 이루고 싶은 삶의 목표와 계획) :

----

③ 작은 꿈 & 올해의 계획 (그 밖에 다양한 작은 꿈과 목표들) :

〈1-2〉 긍정의 힘과 끌어당김의 목표 (삶의 조화와 균형)

① 건강 (몸, 마음, 사회적 · 영적 체력, 질병, 건강):

----

② 행복 (나, 가족, 직업, 나라, 세상):

----

③ 부와 성공 (나, 가정, 직업, 사업, 나라, 세상):

〈1-3〉 삶의 목표를 이루기 위한 계획과 준비

① 꿈과 목표를 이루기 위한 실천 계획과 준비(일, 월, 연별)는?:

----

② 나의 장단점 파악과 개선하고 싶거나 필요한 습관은?:

----

③ 자신의 꿈들이 이루어진 멋진 미래 상상 (10년 후, 40세, 60세…):

〈꿈과 목표 성과 점검표, '내 인생의 성공 보물지도' 2〉

　　　　　　　　　　　　　년　월　일/ 이름:　　　("God Bless You!")

〈1〉 꿈과 목표의 평가와 점검 그리고 변동 사항 (1년 결산)

① 장 · 단기 꿈과 목표에 대한 노력과 성과, 꿈의 변동 사항 (1년 자체 평가)

----

② 건강, 행복, 성공의 측면에서의 중간 점검 (나 자신, 가족, 직장, 나라 등)

----

③ 1년 동안 발전한 나 (생각의 방향이나 관점, 장점이나 좋은 습관 등)

〈2〉 사랑과 감사 노트, 추억의 보물지도 점검과 추가

① 한 해 동안 보람 있었던 일, 즐겁거나 기쁜 추억, 특별한 사건

"나는 할 수 있고, 될 수 있고, 이룰 수 있다."

② 감사할 일, 깨달은 교훈, 좋은 만남 (사람, 책, 사건, 상황, 기타)

----

③ 아쉬웠던 점, 개선할 점, 각종 한계점의 변화 (1년, 일생의 관점)

〈3〉 새해의 집중 목표와 계획, 나의 마음가짐과 각오

① 새해의 집중 목표, 실천 계획과 준비 사항 점검 (일, 월, 연별)

----

② 꿈과 목표를 이루기기 위한 새해의 마음가짐, 나의 각오와 기도